诺贝尔文学奖作家作品

米赫尔

MIRÈIO

〔法〕 弗雷德里克·米斯特拉尔 著

张 熙 译

北京出版集团

北京出版社

图书在版编目（CIP）数据

米赫尔 /（法）弗雷德里克·米斯特拉尔著；张熙
译 . — 北京 ：北京出版社，2020.10（2025.7重印）
（诺贝尔文学奖作家作品）
ISBN 978-7-200-14182-5

Ⅰ . ①米… Ⅱ . ①弗… ②张… Ⅲ . ①叙事诗—法国
—现代 Ⅳ . ① I565.25

中国版本图书馆 CIP 数据核字（2018）第 149665 号

诺贝尔文学奖作家作品

米赫尔
MIHE' ER

［法］弗雷德里克·米斯特拉尔　著
张　熙　译

*

北 京 出 版 集 团
北 京 出 版 社 出版
（北京北三环中路 6 号）
邮政编码：100120

网　址：www. bph. com. cn
北 京 出 版 集 团 总 发 行
新 华 书 店 经 销
三河市天润建兴印务有限公司印刷

*

140 毫米 × 202 毫米　32 开本　10 印张　232 千字
2020 年 10 月第 1 版　2025 年 7 月第 3 次印刷
ISBN 978-7-200-14182-5
定价：55.00 元
如有印装质量问题，由本社负责调换
质量监督电话：010-58572393
责任编辑电话：010-58572757

作家小传

　　弗雷德里克·米斯特拉尔（Frédéric Mistral，1830—1914），法国普罗旺斯语言运动的倡导者。1830年9月8日，米斯特拉尔出生于法国罗讷河口省首府阿尔城梅莱尼镇，此地属于古代普罗旺斯地区。他的父亲是当地一位小有名气的农场主，有不小的产业。

　　1844年，米斯特拉尔在阿维尼翁皇家中学读书期间，认识了语言学教师约瑟夫·鲁马尼耶，二人结下了深厚的友谊，成为了一生的知己。

　　1851年，米斯特拉尔从埃克斯大学法学系毕业。然而，由于米斯特拉尔对于语言学的热爱，他毅然放弃了律师职业，将自己毕生的精力，投入了古老的普罗旺斯语言的恢复这一伟大事业中去。在中世纪，普罗旺斯方言是行吟诗人们广泛运用的文学语言，曾经在法国南部广为运用，并且在意大利和西班牙都流传甚广。然而发展到当时，普罗旺斯语言几乎已经消失。1854年，他和一些有相同理想的友人一起成立了专门研究、宣传和推动普罗旺斯语言的社会团体——费利布里热协会，并且决定将他们的研究范围扩展到整个法国南部的奥克语地区。随后他创办了《普罗旺斯年鉴》杂志。并且，米斯特拉尔通过八年的努力，完成了《新普罗旺斯字典》（两卷本，1878—1886）这样一部宏大的学术巨著，学术价值极高。

米斯特拉尔作为一名诗人，也取得了巨大的成就，1859年发表的《米赫尔》使他跻身法国最优秀诗人的行列。在诗歌中，作者塑造了一个为爱情而勇敢献身的少女形象，歌颂了爱情的伟大。更重要的是，诗人在作品中以爱情为线索，将普罗旺斯地区的美丽风光、文化传统和民间传说串联起来，甚至使用了很多极富生活气息的普罗旺斯俚语，为世人完美地推广了普罗旺斯地区。1863年，《米赫尔》被法国作曲家C.F.古诺改编成为歌剧，广受欢迎，这首长诗在法国尽人皆知。后来米斯特拉尔陆续发表了叙事诗《卡朗达尔》（1867）、《奈尔特》（1884）和《罗讷河之歌》（1897），都有很大的影响力。《米赫尔》和《罗讷河之歌》都是以年轻人的爱情为题材创作的诗歌，展现了诗人优美的抒情风格和浓郁的艺术感染力，也被誉为作者的巅峰诗歌作品。此外，诗人还发表了诗集《黄金群岛》（1876）、诗剧《让娜王后》（1890）等作品，也获得了很大的成功。

米斯特拉尔作为普罗旺斯语言运动的倡导者，另外一项卓越贡献是在1899年发起成立了普罗旺斯人种史博物馆，并且向博物馆捐赠了自己毕生所收集的资料以及研究成果。1904年，他还将自己获得的诺贝尔奖金全部赠予该博物馆，用以实现普罗旺斯语言的推广和研究。1906年，诗人出版了《我的一生——回忆与故事》，对自己一生的经历做了叙述和总结，对后人有十分积极的启发意义。

1910年，米斯特拉尔实现了他早年就立下的宏愿，完成了《圣经》的普罗旺斯语翻译工作。

普罗旺斯语言作为一种濒临灭绝的语言，在米斯特拉尔以及其同伴的坚持不懈的努力下，终于重新焕发了勃勃生机，绽放出夺目的光彩。法兰西文学院因此曾经四次颁奖向他表示鼓励和敬意，并且授予其荣誉十字勋章。

1914年3月25日，米斯特拉尔在家乡阿尔城因病逝世，享年84岁。

授奖词

瑞典学院常务秘书　C.D.威尔逊

在这之前，诺贝尔文学奖通常会优先考虑那些年轻有为的作家，一方面因为他们正处于创作的黄金时期，另一方面意在为他们提供一个自由、纯粹的空间，远离物质匮乏带来的障碍。

但是，诺贝尔基金会的评选宗旨是，获奖作品必须具有深厚基础和重大价值。所以，假使我们必须在一个大器晚成的作家和一个年轻有为的天才之间做一个选择的话，我们毫不犹豫地选择了前者。年龄不是必要准绳，我们无权仅仅因为年迈，就无视一个享誉欧洲、充满创作活力的作家。固然，他的身躯已经老去，但他的作品却散发了勃勃生机。

在过去的两年里，瑞典学院郑重地将诺贝尔文学奖颁发给了蒙森（1902）和比昂松（1903），这两位已经都不算年轻了。很荣幸，在今年的诺贝尔文学奖候选名单里，我们又看到了一些笔耕不辍的文坛老将，我们不禁肃然起敬。

最终，有两位候选人获得了瑞典学院的青睐，坦白地说，他们中的任何一位都有资格获得全额奖金。他们一位74岁，另一位72岁。他们不但在创作造诣上已达到登峰造极的高度，而且人生经历也是如此。因此，学院认为，无须浪费时间来分辨两人孰高孰低，因为他们的水平无二，同样高超。最后，瑞典学院将1904年度的诺贝尔文学奖同时颁给了两个人，一个是法国诗人弗雷德里克·米斯特拉尔，另一个是西班牙剧作家何塞·埃切加赖，两人各获得一半奖金。如果有人认为这笔奖金的物质价值削减了他们的荣誉，学院会对这一特殊情况进行公开声明，证明这两位获奖者中的任何一人都有资格独享此奖。

作为本届诺贝尔文学奖获得者之一，弗雷德里克·米斯特拉尔的诗篇清新脱俗，我们在他的文字中真切地感觉到，这位老人比我们这个时代大多数诗人都要年轻。他的主要作品之一——《罗讷河之歌》出版于1897年。1904年5月31日，在普罗旺斯诗人协会创立50周年纪念日那天，米斯特拉尔吟诵了一首抒情诗，无论是在神韵上还是在活力方面，都不比他以前的作品逊色。

米斯特拉尔生于1830年9月8日，其故乡位于法国南部梅莱尼的马雅纳小村，这个小村庄坐落于阿维尼翁和亚耳斯之间。他在秀丽的自然风光和淳朴的乡民中长大，很快便熟悉了田间的农活。米斯特拉尔的父亲是一位出色的农民，他尊奉先人留下的习俗，有着忠诚的信仰；米斯特拉尔的母亲则用歌声和当地乡民的传统培育孩子的心灵。

还在阿维尼翁中学时，年轻的米斯特拉尔就读过荷马和维吉尔的作品，这些作品在他心中留下了深刻的烙印。后来，他结识了一位良师益友，也就是著名诗人鲁马尼耶。在鲁马尼耶的熏陶下，他深深爱上了自己的母语——普罗旺斯语。

米斯特拉尔在埃克斯大学普罗旺斯学院获得了法学学位，完成了父亲的夙愿。毕业后，他对未来进行了重新选择：放弃了法律，转而从事诗歌创作。他狂热地爱上了诗歌，喜欢用淳朴的乡野俚语描绘普罗旺斯的美，成为把这种方言带进文学殿堂的第一人。

1852年，他写出了第一首乡土长诗，后来发表在《普罗旺斯人》诗集中。此后，他又花了整整七年时间，在1859年写出了叙事长诗《米赫尔》，从而奠定了他在世界文学史上的地位。

这首诗的情节非常简单，一个善良迷人的富家少女疯狂爱上了一个编筐的穷小子，但这一切遭到了父亲的阻挠。在绝望中，她逃出了家门，前往罗讷河三角洲卡玛格岛上供奉圣玛利亚的教堂寻求慰藉。

作者用细腻感人的手法描写了年轻人的爱情，用恢宏的手笔描写了米赫尔如何通过科罗多平原，如何在酷热的卡玛格中暑，如何挣扎着到达供奉神龛的教堂并在那里死去。她在临终前，终于见到了圣玛利亚。

这篇作品的价值，并不是它的主题或是其中蕴含的想象力，也不在于女主角多么地惹人怜爱，它真正的艺术魅力体现在作者串联故事时所用的绝妙手法，以及诗歌向我们展现的普罗旺斯迷人的风光与记忆，还有在当地流传多年的古老风俗以及百姓的日常生活。米斯特拉尔说他的作品只为牧人和庄稼汉歌唱，他借鉴了荷马单纯的表现手法达到了这一目的。他绝对算得上是伟大诗人荷马的再传弟子，但绝非盲目模仿，而是创造了自己独特的描写技巧。

他大气恢宏的表达方式，让作品显得生机勃勃。有谁能忘记他笔下的卡玛格呢？万马奔腾，四蹄生风，秀美的鬃毛随风飘动。它们似乎臣服于海神的三叉戟下，现在又从海神的缰绳下重获自由。你如果试图把它们从海滨草原驱赶至其他地方，终究是要失败的，海滨草原才是它们钟情的地方，它们不会离开这里。它们即便被强行与海滨草原分离数年，但只要一听到海涛的声音，它们就会发出愉快的嘶鸣。

这首诗的韵律优美和谐，艺术性的组合十分成功。米斯特拉尔作品的灵魂并不在于人物的心理刻画，而在于自然景物的描绘。他就像大自然最纯洁的孩子，很愿意将人类灵魂深处的纯净呈现给其他诗人和读者。米赫尔像一朵含苞待放的玫瑰花，在朝阳的映照下熠熠生辉。这是一部具有独创精神的作品，具有一定的偶然性，它不单是辛勤努力之作。

这首长诗一问世就受到了人们的狂热追捧，它的美妙让拉马丁为之倾倒，他激动地写道："一位伟大的诗人诞生了！"他认为米斯特拉尔的诗完全可以与爱琴海岛上的流浪诗人们的作品相媲美：他离群索居，心里满是对普罗旺斯深沉的思念。拉马丁还用维吉尔的话来比喻米斯特拉尔："你是真正的马塞卢斯！"

《米赫尔》出版七年之后，米斯特拉尔写出了《卡朗达尔》（1867）。虽然有人说这本诗集的情节耽于幻想，甚至显得不太真实，但就描述方面而言，它毫不逊色于《米赫尔》。人的理想会在经历磨难后变得更加崇高伟大，这点毋庸置疑。《米赫尔》表现了乡村丰富多彩的生活，《卡朗达尔》呈现给读者的则是大海和丛林环境，碧波粼粼和林涛滚滚一览无余，真实再现了渔民的日常生活。

米斯特拉尔不仅善于叙事还长于抒情，他的诗集《黄金群岛》

包含了一些美妙篇章。掩卷冥想，阿科勒之鼓、垂死的割草工人、落日余晖中的卢曼尼城堡，以及对吟游诗人时代的回忆……这些美妙的意象和情节，使人经久难忘。此外，一些只适合在傍晚微光下阅读的美妙而神秘的诗篇，让人感觉到一种无以言表的美丽意境。

米斯特拉尔在他的抒情诗中强烈坚持普罗旺斯语的独立存在权，并对各种蔑视和侮辱予以坚决反击。

《奈尔特》（1884）是短篇叙事诗，读者可在其中寻觅到很多美丽的篇章。但与之相比，《罗讷河之歌》则更为深刻，虽然创作这篇作品时诗人已是67岁高龄，但诗作仍充溢着饱满的生命力。作品中描绘了罗讷河流域的瑰丽景色，显得清新动人。那位高傲又无比热情的阿波罗船长认为，一个人首先必须得是一名合格的水手，而后才能学会如何祈祷，这是多么有趣的一个人啊！还有船长的女儿安格拉，她的幻想来自古老的传说。一天晚上，她幻想自己在月光摇曳的罗讷河水波中与河神罗达邂逅，这让她无比感动。

总之，米斯特拉尔的作品就像一座伟岸不朽的丰碑，为他所钟爱的普罗旺斯赢得了荣耀。

今年对于米斯特拉尔而言，是非比寻常的一年，因为在50年前的圣埃斯德尔节那一天，他和六位文学界好友一起创建了普罗旺斯诗人协会。他们的目标非常明确，就是复兴普罗旺斯语。从圣雷米到亚耳斯，从奥兰奇到马地格，甚至整个尼罗河流域，都将这种语言当作一种新的文学语言，就像当初佛罗伦萨方言被当作意大利语的基础一样。正如贾斯顿·帕里斯和高斯威兹所言，这场复兴运动并不是违逆时代潮流，也不是寻求古老普罗旺斯语言的复苏，而是想在人们所通用的方言的基础上建立一个被众人所了解的国家语言。米斯特拉尔的这种努力，并没有因为他获得了成功而有所松懈。他耗费20年心血，编纂了巨著《新普罗旺斯字典》（1878—1886）。这部巨作不仅建立了一座普罗旺斯方言宝库，更为奥克语建立起一座不朽的纪念碑。

毋庸多言，像米斯特拉尔这样的人早已经得到了各种荣誉，法兰西学院曾经给他颁奖四次；由于他编纂了《普罗旺斯年鉴》，法兰西学会给他颁发了一万法郎的雷诺奖金；哈勒和波尼大学授予他荣誉博士学位；他的部分作品被翻译成多国文字；著名的法国作曲家C.F.古诺还将他的《米赫尔》改编成了音乐剧。

米斯特拉尔曾将一句箴言"太阳让我歌唱！"赠给普罗旺斯诗人协会。

事实上，他的诗把普罗旺斯的阳光播撒到了众多国家，甚至包括北方的一些国度，让众多的心灵感受到了欢乐。

理想主义是阿尔弗雷德·诺贝尔对获奖作家所希望的。米斯特拉尔以其非凡的艺术理想主义，融健康与繁华，为复兴和发展故乡的精神遗产，以及它的语言、文学而殚精竭虑，终生无悔奉献。像这样的诗人，恐怕世上实属罕见吧！

按：作者未出席颁奖仪式，故获奖致辞从缺。

目 录

第一章　初次来到朴树庄①

我想效仿伟大的古希腊诗人荷马，

用史诗歌颂一位普罗旺斯少女的爱情故事。

她来自一个遥远的叫克劳②的小村庄，

人们对她了解不多，

但我愿意用我的笔把她的故事写下来：

她是如何一个人走过麦田，又如何被命运带去了海边。

很久以前，在长满白杨树的罗讷河③岸边，

住着一位老篾匠，

人们叫他安布罗伊老爹，有时也叫他安老爹。

安老爹有一个儿子，叫文森，

还有一个女儿，叫文森妮特，

---

①朴树庄，阿尔的一个小村庄。

②克劳，法国东南部的一片平原，山石众多。

③罗讷河，流经瑞士与法国的一条大河，位列法国五大河之首。

他们一家三口住在一座破旧的小屋里。

安老爹和文森是家里的经济支柱，
他们平日里靠走街串巷做零工养家糊口。
方圆几里，谁家的马槽坏了，谁家的筐坏了，
找他们定没错，保准修理如新。
这样的日子简单枯燥，却怡然自得。
直到某天，文森跟着安老爹来到一个叫朴树庄的村子。

这是一天中的傍晚，乌云压城。
父子俩各自背着一捆柳条，
沉重的柳条像乌云一样，压弯了他们的脊背。
"父亲，您看那压在马格隆①古城上的乌云。"文森说，
"这要是下起雨来，我们保准有罪受，
估计咱们还没走到朴树庄就会被浇成落汤鸡。"

"别担心，不过是海风吹动了树枝。"安老爹说，
"这要是刮西风，就另说了。"
这是小篾匠第二次来朴树庄，
他忍不住问道："朴树庄的犁铧多吗？"

———————————
①马格隆，法国南部的一座古城。

老篾匠自豪地说："足足有六张，你说多不多？！
在整个克劳平原，根本找不出第二家比他们更富有的了。

"瞧，那夹杂在一排排葡萄架和杏树中间的，
就是他们的橄榄园。
这园子大得没边，
里面的小路多得像一年中的日子那么多！
每条小路上又有数不清的树木和果子。
你说这村子阔不阔！"

"天哪！"文森惊讶地叫道，"那么多橄榄树，
摘橄榄时得雇上多少人手！"
安老爹笑道："你这是咸吃萝卜淡操心。
万圣节的时候，全波城①的姑娘都将涌向这里，
她们在树下铺上被单②，
一边唱着歌一边用力摇落橄榄果。

"那家伙，你是没看见，

---

①波城，普罗旺斯地区著名的古城，位于阿维尼翁与阿尔之间，曾经是当地王室
的都城。
②被单，摘橄榄时，人们常在树下铺上被单，用来收集摇落的果实。

就像下一场橄榄雨一样。
啧啧，那景象真叫一个快活！"
安老爹一边说，一边笑着，
脸上的皱纹仿佛都舒展开了。
文森也听得入神。

这边安老爹说着话，那边太阳已经落山，
几朵红云留在天际。
忙碌了一天的庄稼汉收起鞭子，
骑着负重的牲口，慢吞吞地往家走。
暮色四合，远处升起袅袅炊烟。
一天的辛苦劳累已经结束，晚餐的时刻到了。

"看哪！"少年喊着，"我看到了朴树庄的打谷场！
咱们快点儿走！"
"臭小子，慌什么！"安老爹不紧不慢地说，
"这朴树庄实在是放羊的好地方，
冬天有辽阔的草场，夏天有绿荫遮天的松林。
生在这里的羊儿有福气！

"朴树庄可真是个好地方，

绿色的树荫荫蔽着每一家的屋顶，
甘美的泉水滋养着每一个生命！
还有那成群结队的蜜蜂，
秋去春来，周而复始，
在那朴树林中忙碌着。"

文森急切地说："父亲啊，我突然想起一件大事！
您可曾记得，上次我们来朴树庄，
临走时有位美丽的少女，请求我们再来时，
为她带两只采橄榄用的小筐，
另外给她那只小篮子换个新提手。
看我这脑子，我竟给忘得一干二净了。"

说着，他们来到一家农舍前，
正是小篾匠口中所说的"美丽的少女"的家。
那少女正站在门前，
手里拿着燃秆，
忙着照料桑叶上的春蚕。
她被黄昏的薄雾衬托得分外美丽，小篾匠看得出了神。

安老爹搁下柳条，快活地大声问道：

"姑娘，大伙儿可好？"

那少女回答："都好，都好！

老爹，看到您真高兴。

眼见夜幕降临，以为你们今天不来了呢。

你们从哪儿来，是瓦拉布雷格①吗？"

安老爹说："是啊，

我刚才在路上与文森说，

'也许今晚，咱们要睡在朴树庄的草垛上。'"

说完，他哈哈大笑起来。

文森只是目不转睛地盯着那姑娘，

一句话也说不出来。

大家像久未谋面的老朋友一样寒暄了一会儿。

之后，父子俩就近坐在一块石碌碡上面，

开始忙活他们的手工。

温顺的柳条在他们灵巧的手指间上下翻飞。

如此穿来引去，转眼间，

一只摇篮已经编了一半，就具雏形。

---

①瓦拉布雷格，普罗旺斯地区的一个小村镇，位于罗讷河左岸，在阿维尼翁和博凯尔之间。

文森不仅心灵手巧，
人更是帅气迷人。
他那被晒得黝黑的面孔，
就像田野里颗粒饱满的麦穗儿，
也像紫黑葡萄酿出的佳酿，
眼神明亮，透着一股灵气。

虽然这个夏天他刚满十六岁，
却已有壮年男子的样子。
他知道该如何驯服手中的柳条，
让它们更加柔韧，
也熟谙各种编织的技巧，
各种粗重或轻巧的篮子都不在话下。

总之，他的技术已十分到家，
在篾匠这一行里，算是一把好手。
他用秫秸扎成的扫帚，
用篾条编织的箩筐，
既结实又美观，
附近的农夫都抢着买他做的东西。

眼下，庄稼汉们正穿过休耕地和泥沼，
成群结队地往家走着。
美丽的米赫尔姑娘，正在给大伙儿准备晚饭。
一块平坦的大石头被临时当作餐桌，
米赫尔端上一只偌大的餐盘，
众人边吃边聊着那地里的庄稼。

热情的农庄主人拉蒙老爹说了话，
朝我们的编筐匠喊道：
"喂，老伙计，快来跟大家一起吃晚餐，
暂且把你的摇篮放一放。"
接着，他转过头对姑娘喊：
"米赫尔，再拿一个碗过来，不要累坏了这些汉子们！"

碰上这样通情达理的东家是幸运，
憨厚的老篾匠不推辞，
他直接拉起儿子，坐到石桌边，
切下两块面包，
和儿子一人一块吃起来。

俊俏的米赫尔姑娘听了父亲的吩咐，不敢怠慢，赶紧为他们端上一盘腌豆子。
那豆子加了橄榄油，闻着分外香甜。
她也不见外，随后就在对面坐下。
她笑起来真好看，那漾着酒窝的笑靥，
像一朵天真优雅的花儿盛开着。

看样子，她应该还不满十五岁。
但她却是朴树庄远近闻名的美人儿，
不夸张地说，整个紫罗兰色的芳维耶海岸，
整个波城的山间和克劳的平原，
像她这样美丽的姑娘恐怕找不出第二个。
她是朴树庄一颗耀眼的明星。

她美丽的眼睛如同晶莹的露珠，
被它们温柔地看上一眼，保你会忘掉一切愁苦。
它们如此天真纯洁，
连夏夜的群星也难及这般温情。
她漆黑的秀发，像黑玉的环佩、墨色的波涛；
她的胸脯小巧而结实，像一双青涩的桃子。

她美得如同杯中的美酒，

让人忍不住一饮而尽。
忙碌了一天的庄稼汉们，
吃饭时照例有消遣。
他们朝安老爹喊道："老安，给我们唱个曲儿听听!
别让我们在饭桌上睡着。"

安老爹推辞道："你们这些后生，
就会欺负我这把老骨头。
老了老了，牙都快掉光了，
说话连风都挡不住，
唱出来怕大家笑话。
要唱你们唱，我可不想晚节不保!"

众人央求道："好老爹，给我们唱一个吧!
来，把面前这杯酒干了，就给我们唱吧!"
安老爹被说得反倒不好意思了，说：
"唉，这要是放年轻那会儿，
让我唱什么都行。如今老了，
不行喽，嗓子像破琴一样不中听。"

米赫尔也央求道："安老爹，您别推脱了，

快唱一个，就当让大家快活快活！”
老篾匠打心眼儿里喜欢这闺女，说：“难得你看得起老爹，
今天我就豁出这副破锣嗓子了。
就是，它现在跟干瘪的稻壳没两样，
要是唱得不好，你可别怨老爹。”

安老爹端起酒杯，灌了一大口酒，
开始唱了——

一

从前有个船长叫巴利·萨福伦，
他率领我们五百个普罗旺斯老乡，从土伦港起航。
船上的每个勇士都身强体壮，
每个勇士都有钢铁般的心脏。
我们一心与英国佬一决高下，
不把他们打得落花流水，决不回家。

二

在大海上漂荡的头一个月，
我们连英国佬的影子都没看到，
好在有桅绳上的海鸥与我们同行，

它们是我们亲密的战友。

第二个月赶上了暴风雨，我们日夜都在跟暴风雨做斗争，

把船舱里的雨水一瓢又一瓢舀回大海。

三

到了第三个月，我们还是全然不知英国佬在何方，

这可真让人抓狂。

除了我们的海鸥朋友，海面上空空荡荡的，

我们的大炮闲得发慌。

一天，老萨船长站在桅楼上瞭望了一会儿，

忽然一声令下："全体集合！"

四

前方就是阿拉伯海岸。

老萨船长兴奋地喊道：

"三艘大船正在朝我们逼近。

孩子们，掉转左舷！炮手们，准备开炮！

让英国佬尝尝咱们普罗旺斯大炮的滋味。

来吧，敞开肚皮受死吧。"

五

不等老萨船长说完，

整整四十发炮弹已经钻进了英国佬的战舰，

其中一艘战舰已经炸飞了天。

轰隆隆的巨响打破了海面上的寂静。

炮火不断，海水咆哮，

木船碎裂的声音连绵不断。

六

这一仗真是打得痛快！

战斗结束了，我们一个个靠在船舷上休息，

英勇的老萨船长站在甲板上，威风凛凛。

他用铿锵有力的声音高呼：

"勇士们，干得漂亮！

打起精神来，我们好好收拾收拾那帮家伙！"

七

普罗旺斯勇士们听得热血沸腾，

他们拎起战斧、握紧短剑。

在他们眼里，那些武器仿佛玩具一般。

老萨船长手执抓钩，高声呼喊：
"孩子们，跟我来！"
我们跟着他一跃登上了英国佬的战舰，
开始了复仇之战。

八

大屠戮开始啦！
主桅杆倒下啦！
舰桥也坍塌啦！
大家杀红了眼！
几个手无寸铁的老乡甚至与敌人展开了肉搏，
他们好像有着使不完的力气。

安老爹唱到这里，突然停了下来，
他说："你们猜，后面怎么着啦？
我永远忘不了那满目的鲜血，
就算我活上一百年一千年，
也决不会忘记那一天。
没错，那场恶战实实在在地发生过！"

庄稼汉们惊讶得目瞪口呆，问：

"这些都是真的吗？"

安老爹举起右手，威风凛凛地说：

"不信就问问我这只手：当时是不是它在掌舵？"

"他们不反抗吗？任凭你们这么捶打？"众人又问。

那老水兵愤然站起身，继续唱他的戏文：

九

战斗持续了整整四小时，

我们的双脚浸泡在鲜血里，

一直鏖战到夜幕降临，硝烟散尽。

我们凿穿了英国佬三艘坚固的战舰，

我们亲眼看它们沉入了海底，连同船上的所有倒霉蛋。

当然，我们也损失了一百人。

十

可是眼下，我们的处境并没有好太多。

桅杆在打战，

侧舷被打成了筛子，

船帆破破烂烂。

归航途中，老萨船长把我们夸奖：

"勇士们，我一定会把你们的赫赫战功报告给陛下！"

十一

"说得好说得妙，伟大的船长大人！

陛下听了一定会高兴得发狂。

可是，他又能给我们补偿什么？

我们这群可怜的水手，

我们为了国家，告别了炉膛，告别了故土，

可托他的福，我们的老婆孩子连肚子都填不饱！

十二

"啊，我们的上将船长，

请不要将我们遗忘，

任他是谁，也比不上我们这群忠诚的水手。

我们斗胆说一句大不敬的话，

在踏上普罗旺斯的故土之前，

我们动动手指头就可以将您捧为王上！"

十三

一位来自马蒂格的老乡，

在一个黄昏，一边补着渔网，

一边把这故事编成小调吟唱。

离别之后，船长去了巴黎，我们回了故乡。
打那之后，我们就再未谋面，
他战功赫赫，难免遭人暗算，生死难料啊。

一曲海战之歌唱罢，
安老爹不禁老泪纵横。
余音绕梁，三日不绝。
虽然那故事已经讲完，
众人却沉浸在伤痛中无法自拔，
大家无不伤感，无不落泪。

记不清过了多久，安老爹哽咽地说：
"这就是我们这辈人的老歌，
那美好的岁月已一去不返。
也许你要说它腔调古怪，歌词冗长，
可是这又有何妨？
要我说，这比那些法国歌更适合我们的耳朵。"

怎奈那些庄稼汉们仿佛听天书一般，
对牛弹琴大抵如此了。
该给那些不知疲倦的骡子饮水了，

他们活动了一下坐得僵硬的身子，牵起骡子朝小溪边走去。
他们虽然听不大懂，
却也忍不住把老篾匠的戏文吟唱一两句。

米赫尔还没有离开的意思，
她这会儿正在跟文森说着话，
两人一见如故，相谈甚欢。
在夜幕的笼罩下，
两个耳鬓厮磨的年轻人，
就像两朵怒放的紫菀花。

俏皮的米赫尔问道："文森，快跟我说说，
外面的世界是什么样的？
在我们这些人待在家里虚度年华的时候，
你和安老爹背着柳条走南闯北，
可曾碰见过闹鬼的城堡，
欢乐的庆典，华丽的舞会，或是别的什么？"

"我的傻姑娘，你这都是从哪儿听说的呀？
人生在世，哪儿来那么多奇遇？
我们何尝管天气如何？

瓢泼大雨不会浇灭我们的快乐，

炎炎烈日无法阻挡我们前行的脚步。

正所谓，吃醋栗一颗，权当美酒解渴！

"当夏日光临人间的时候，

油橄榄散发着一树芬芳，

我们便循着它香甜的气息，

在白花花的园子里寻觅那绿莹莹的斑蝥。

它们喜欢趴在白蜡树梢打盹儿，

我们会在正午的阳光下与它相遇。

"除了斑蝥，那些铺子也收购别的。

我们有时会走上一段长长的路，只为去沼泽摘红橡果，

有时也抓蚂蟥。你抓过蚂蟥没有？

不需要诱饵，也不需要鱼线，你只要拍打一下水面，

它们就会纷纷而至，抱上你的大腿。

你说有趣不有趣？

"我猜你肯定没去过里桑托！

那儿的圣歌可好听了，让人听了宛如身在天堂。

它的教堂虽然不大，

却吸引了无数人前来求医问药。
我们曾在一个礼拜日亲眼看到过，
那些虔诚的人对着圣母发起重誓。

"我还亲眼见过一个小盲童祈愿。
他长得又瘦又小，却像圣约翰一样漂亮，
他躺在街上呼唤着圣母之名，
祈求她们让自己重见光明，
并许愿说：'亲爱的圣母，请赐给我光明吧！
我虽然一无所有，但愿意奉上自己唯一的羔羊！'

"那景象，真是闻者落泪，听者伤心。
许是他的诚心感动了圣母，
圣骨匣居然缓缓降落。
虔诚的信徒全都俯伏在地，高声哀号着：
'无所不能的圣母，快救救我们吧！'
那声音大得惊人，像要把教堂撼动。

"惊人的事情发生了——
那小盲童被圣母抱起，
他忍不住伸出苍白柔弱的手指，

紧紧攀住三位圣母的骨匣，
抚摩着她们的骸骨，
像溺水的人抓住一根救命稻草一般。

"紧接着，紧接着，
奇迹就那么发生了——
小盲童眨巴眨巴眼睛，突然大喊起来：
'我看见啦！我什么都看见了！
请把我那才长出犄角的羔羊牵去，
作为报答圣母的祭品。'

"米赫尔，我诚恳地祈求上帝，
愿你永远这般幸福可爱！
但万一，我说的是万一……
你不小心被蜥蜴、豺狼或是毒蛇咬伤了，
可以去里桑托向三位圣母寻求帮助，
她们心地善良，乐于救死扶伤。"

仲夏夜的时光一点一滴流淌着，
巨轮马车的影子，投映在雪白的墙上，
留下斑驳的影子。

那在夜色深处时起时落的银铃般的声音，
是夜莺在歌唱；
间或一两声呜呜的声音，是猫头鹰的呜咽。

"今晚的月亮真圆啊，
你可愿意，"文森恳求道，
"再听一个关于比赛的故事？
也是我亲身经历的，我还差点儿跑第一呢！"
米赫尔注视着小伙子，他的嘴唇真好看，
充满期待地说："那太好啦！我喜欢听你的故事。"

文森不紧不慢地开了口，说：
"从前在尼姆，人们一言不合就在大街上赛跑。
有一天，一群人黑压压地挤在一起，
跑步的人脱了衣帽鞋袜，准备起跑；
还有的人自己不跑，
站在路边等着看热闹。

"突然，拉加兰多来了！
拉加兰多，你听说过吧？
就是大名鼎鼎的马赛人拉加兰多，

他可是有名的长跑健将。
在整个普罗旺斯，甚至是全意大利，
都很难找到与他匹敌的人。

"他一步步跑出的桂冠，
决不输给那位伟大的总管——科萨的约翰；
他跑步赢来的锡盘摆满了橱柜，
上面记录着他的每一个胜利。
他跑步赢来的绶带，挂满了一整面墙壁，
简直像彩虹悬在天际。

"这么一位强劲对手从天而降，
其他选手纷纷放弃了比赛，都穿回了衣服，
比赛眼看进行不下去了。
只有一个身材矮小的少年例外，
他叫路克利，今天赶着牛群进城的。
只有他敢挑战拉加兰多。

"我刚巧站在一边，跟人们夸下海口，说：
'呸！路克利真不自量力，要是这样，我也能上啊！'
说出去的话泼出去的水，

人们马上起哄说：'好啊，上去露一手给他看看！'
可是，我哪儿参加过比赛呀！老橡树做证，
我只是在林子里追赶过鹌鹑。

　"这下子我进也不是，退也不行。
拉加兰多也开口了：'小伙子，快点儿把鞋带系好。'
我只好硬着头皮照做。
拉加兰多的小腿肌肉真发达，在阳光下泛着油光，
一条丝绸短裤穿在身上，
缝着十个叮当作响的小铃铛。

　"拉加兰多、路克利、我，我们仨就这样上了场。
每个人叼着一截柳条，好让呼吸顺畅。
我们互相握了一下手，
然后把一只脚踏上起跑线。
一声令下，我们如脱弦的箭一般飞了出去，
那阵势真是不分伯仲！

　"大家你追我赶，路上尘土飞扬，
观众们爆发出一阵阵叫好声。
眼看就要到终点了，大家还是势均力敌。

我冒冒失失的，一步蹿到前面。
谁想一不小心，
我突然跌倒在地上，脸色苍白，像个死人一般。

"拉加兰多和路克利并没有停下，
他们像艾克斯节日中跳跃的纸马一般，跨过我。
拉加兰多本以为胜券在握，
听人说，只要是他参加的比赛，他从来没有失手过。
可是，你知道吗，就在那天，
他遇上了劲敌，就是那位叫路克利的少年。

"冲刺了，他们要冲刺啦！
他们一个像山间的牡鹿，一个像山谷中的野兔。
说时迟那时快，路克利一个箭步，
抢在了拉加兰多前面！
拉加兰多也不甘示弱，
像饿狼一样步步紧追。

"出人意料的事发生了，路克利最先跑过了终点！
路克利赢了！他兴奋地把拦在终点的锦标揽入怀中，
尼姆人将他团团围住。

那属于胜利者的锡盘在阳光下熠熠闪光，
在锣鼓声的簇拥下，
路克利高兴得手舞足蹈。"

"拉加兰多呢？"米赫尔好奇地问。
"他抱着双膝，坐在众人脚下的尘土中，
一言不发，仿佛失了魂一般。
奇耻大辱，奇耻大辱啊！
不知是汗水还是泪水从他脸上滑落，
说不出的苦涩和委屈。

"路克利走到他面前，深深行了一礼，
说：'伙计，陪我喝一杯怎么样？
谁还没有个登高跌重的时候，
既然事情已然没有挽回的余地，又何必徒增烦恼？
这奖金足够我们好好喝一顿，
天色还早，就让我们喝他个一醉方休，不醉不归！'

"拉加兰多也不是心胸狭窄的人，
他把短裤上那些金铃铛扯下来，
大大方方地递给路克利，脸色苍白地说：

'年轻人，请收下它们！
岁月不饶人，我的光辉岁月一去不返了，
这胜利者的行头如今应该由你保管。'

"说完这些话，拉加兰多如释重负，
他转身走开，就像白蜡树被暴风雨折了腰。
从此，竞跑之王拉加兰多销声匿迹，
不再参加任何田径比赛。
即便在圣约翰和圣彼得这样的盛大节日里，
也不再出现在跑道上。"

文森将自己经历的故事娓娓道来，
他的眼睛在黑夜里闪着光，
讲到精彩的地方，满面红光。
他一面讲，一面用手比画着。
米赫尔听得入了神，无限向往，
却也不忍打断他，只是频频点头。

热心听众不止米赫尔一个人；
那藏在露水中的蟋蟀，偶尔也停下将这故事聆听；
还有夜莺，也被深深吸引，

在树丛中听得入迷，
怕是等到天色大亮，都还不愿意睡去。

米赫尔回到房中，久久不能入睡。
"这小篾匠讲故事真是有趣！"她自言自语地说，
"他那些趣闻太有意思了。
都怪夏天天太长夜太短，
要是换作冬天，我倒乐意早早上床。
哎，要是能听他讲上一辈子就好了！"

第二章　采桑

养蚕的姑娘，请你唱起来吧，
一面愉快地歌唱，一面采下沃若的桑叶！
肥胖的春蚕已经历三眠①，
晴朗的天气真让人高兴！

少女们如明媚的春光一般喜气洋洋，
她们爬上高高的桑树，把那桑叶采摘，
就像勤劳的小蜜蜂，
在迷迭香花丛中采花酿蜜。

五月的早晨，是多么可爱的时光，
米赫尔和姑娘们一起采桑叶。
那流浪的小篾匠文森，
也在这个早晨走来。

---

①三眠，蚕在吐丝结茧之前，要经历四次休眠脱皮。在第三次休眠之后，它们会
食量大增。

眼看他走得越来越近，
米赫尔采桑叶的手不由自主地停了下来。

文森戴着一顶红色的小帽子，
上面插着快活的鸡毛，
这让他看起来像个拉丁海滨的渔夫。
他手里握着一根不知从哪里捡来的小木棍，
一边走一边拿木棍开路，
行至碎石草丛时，可用木棍将蛇撵走。

突然，幽静的林间小路上
传来了米赫尔动听的问候声，
"小篾匠，你这么匆匆忙忙的，要去哪儿啊？"
文森抬头一看，只见那快活的少女，
像一只喜气洋洋的凤头百灵鸟一般，
坐在桑树上。

文森问道："米赫尔啊，你的桑叶采得怎么样？"
米赫尔说："我已经快把低处的叶子采光啦！"
文森问道："需要我帮忙吗？"
米赫尔发出一串银铃般的笑声，说："那敢情好。"

文森像一只动作灵巧的松鼠，
三跳两跳，就爬上了那棵大桑树。

文森说："米赫尔啊，你只管采那些低矮的桑叶就好，
树顶的就交给我吧！"
米赫尔一边继续采桑叶，一边自言自语：
"一个人干活儿真无聊，还是两个人效率高！"
文森打趣道：
"这叫男女搭配，干活儿不累！"

两个人一边采桑，一边拉着家常。
文森说："说到乏味无聊，我想起了与父亲的日常生活。
农闲的时候，我们俩每天坐在小房子里，
房子里除了罗讷河水冲刷鹅卵石的声音，再无其他。
我还是喜欢那些忙碌的在路上的日子，
我们每天从一座村庄赶往另一座村庄。

"等到了漫长的寒冬，
冬青果儿从青变红，
我们便只好守着奄奄一息的炉火，
听着外面寒风呼啸；

在昏暗的光线下，我们也几乎对坐无言，
好像每天睁开眼，就在等着天黑睡觉。"

米赫尔听了，好奇地问：
"那你母亲呢？她不和你们一起住吗？"
文森的眼里掠过一丝不自在，淡淡地说：
"我母亲很早就死了。"
米赫尔为自己的冒失深感自责，
却也找不到什么安慰的话。

沉默了一会儿，文森打破僵局说：
"我差点儿忘了，家里除了我和父亲，还有文森妮特。
这丫头虽然年纪小，
却能把家里收拾得井井有条。"
"这么说，你有一个妹妹？"
米赫尔心里不觉松了一口气。

"是啊！她是个聪明能干的姑娘。
在博凯尔①的芳德雷，
无论是做工还是拾麦穗儿，

————————
①博凯尔，罗讷河畔的一个村庄，被阿维尼翁、尼姆和阿尔三者包围着。

她样样干得又快又好，

村子里的人都很喜欢她。"

文森说起妹妹，眼里满是自豪。

米赫尔一下子对这个小姑娘产生了好奇，问道：

"她长得什么样？像你吗？"

文森回答："你别看我长得像只黑莓子，

她可是个金发大美人！

我说出来你可能不相信，

她跟你长得特像，你们俩简直像姐妹。

"你们俩都有一头金色的长发，

像闪闪发光的桃金娘叶子。

不过我猜，你的针线活儿肯定比她强，

看你那精致的发帽①就知道，

啧啧，那针脚又细又整齐！

我妹妹跟你比起来，可逊色多了！"

"哦，是吗？"米赫尔搪塞道。

---

①发帽，克劳地区女性劳作时戴的帽子，用来包住头发。它类似一块方巾，用细麻布或棉布缝制而成，边缘有带子，可以拉紧。

听男人当面夸赞另一个女孩，
是让人尴尬的事。
米赫尔正想得出神，
手中的枝条"嗖"的一下溜走了，
那上面还有一半叶子没采呢。

养蚕的姑娘，请你唱起来吧，
一面愉快地歌唱，一面采下沃若的桑叶！
肥胖的春蚕已经历三眠，
晴朗的天气真让人高兴！

少女们如明媚的春光一般喜气洋洋，
她们爬上高高的桑树，把那桑叶采摘，
就像勤劳的小蜜蜂，
在迷迭香花丛中采花酿蜜。

米赫尔小心翼翼地问：
"你真的觉得，我比你妹妹漂亮？"
文森使劲儿点点头说："是的！"
米赫尔追问："除了容貌，我还有哪些地方比她好？"
文森说："这么说吧，你要是一只美丽的金翅雀，那她就是一只小小的鹡鹩。

"坦白地说，你更加端庄美丽，
你的歌声也更加悠扬动听！
再比如，你要是一簇青翠欲滴的麦苗儿，
那她就是荒野上的韭菜。
她的眼睛像海水一样湛蓝，
而你的眼睛，就像黑宝石一样闪亮。

"美丽的米赫尔，当你看着我时，
我陡然觉得全身发烫，就像吞下了一大杯烧酒①！
在遇到你以前，我特别喜欢听我妹妹唱《佩罗内》，
她的声音像银子一样清脆。
而你，你对我说的任何一个字，
抵得上她对我唱一千首歌！

"听你说话的时候，
我的耳朵忍不住颤抖，
我的灵魂战栗不止，
哀愁爬满我的心！

---

①烧酒，普罗旺斯地区的一种酒，多在节庆时饮用。

再有，因为每天有干不完的农活儿，
我妹妹被晒得像一颗褐色的枣子。

"你却如此肤白貌美，
像一朵洁白无瑕的水仙花。
你看，连夏天的骄阳都如此眷顾你，
不忍心把你晒黑。
还有，文森妮特还小，身体没完全发育，
她就像小溪上的蜻蜓一样，又瘦又小。

"你就不一样了，你看你身材这么好，
腰肢这么纤细。"
米赫尔手中的桑树枝条再一次溜掉。
"讨厌！"米赫尔叫道，
说完，羞涩的红晕爬满了她的脸庞。

养蚕的姑娘，请你唱起来吧，
一面愉快地歌唱，一面采下沃若的桑叶！
肥胖的春蚕已经历三眠，
晴朗的天气真让人高兴！

少女们如明媚的春光一般喜气洋洋，
她们爬上高高的桑树，把那桑叶采摘，
就像勤劳的小蜜蜂，
在迷迭香花丛中采花酿蜜。

晨雾散尽，转眼已到正午，
米赫尔噘起嘴叫道：
"某人说是来帮忙，
却只顾逗人家说笑，
我看你是光说不练——假把式。
要是我采不够桑叶，回家肯定要挨骂！"

听了这话，文森急忙辩解：
"好哇，你竟然当我是草包！
好吧，我们就来比比，看谁采得又快又好！"
说干就干，两个人顾不上说闲话，
埋头采起桑叶来。
（他们约定，谁要是再乱说话，就是咩咩叫的大蠢羊。）

很快，他们就把那棵桑树的叶子采光了，
麻布口袋装得鼓鼓囊囊。

他们将桑叶装入袋里时，
米赫尔白皙纤细的手指
不经意间碰上文森厚实的手掌，
他那古铜色的手指顿时滚烫滚烫的。

哦，那逐渐升温的爱情火花，
让他们不觉着了慌，双双羞红了脸。
他们慌得急忙将桑叶丢掉，
文森结结巴巴地问：
"米赫尔，你的手怎么了？
被胡蜂蜇到了？"

米赫尔不敢直视文森的眼睛，低着头说：
"没，没有。"
接着，他们又开始采起桑叶来。
两个人不再说话，
含情脉脉地看着对方，心里暗暗在较量，
只看谁先笑出来，看谁先把话讲。

空气里安静得仿佛只剩下他们急促的心跳声，
还有噼里啪啦如下雨的采叶声。

麻布口袋推了一次又一次，
不知两人是有心还是无意，
白皙的手和古铜色的手总是挨得很近。
他们忙着手上的活计，心中不胜欢喜。

养蚕的姑娘，请你唱起来吧，
一面愉快地歌唱，一面采下沃若的桑叶！
五月的艳阳，已经爬上了山岗，
可爱的天气热情又滚烫。

突然，葡萄藤上传来鸟儿的鸣啭，
米赫尔压低声音说："文森，那边好像有什么东西。"
为了不惊扰那东西，
米赫尔将小巧的食指放在唇边，
眼睛顺着声音的方向望去，
哦，声音是从对面树上的鸟窝里传来的。

"嘘，别动，看我的！"
文森压低声音说。
他像一只灵巧的麻雀，
顺着树枝攀爬到鸟窝附近。

鸟窝很隐蔽，藏在树干里面。

文森透过树叶间的缝隙，看见一窝雏鸟。

文森跨坐在大树杈上，

一手握紧树枝，另一只手探向鸟窝。

兴奋和激动爬满了米赫尔绯红的脸庞，

她朝树荫里探着头，低声问：

"是什么鸟啊？"

文森说："乖宝儿。"

米赫尔又问："那是什么呀？"

文森说："我的小姐，是一窝蓝色的小鸟！"

米赫尔忍不住咯咯笑出声来，

顿了一会儿，说：

"我听村子里的老人们说，

要是一男一女两个人，

在桑树或是别的什么树上找到一窝鸟，

他们很快就会结婚的。"

"是呀，人们还说，"文森说，

"要是让这些鸟跑掉，

我们幸福的希望就会随之落空。"

"天哪，那我们还等什么？"米赫尔激动地说，
"我们可得把它们看好，最好别让其他人发现。"
文森思索一会儿，说：
"米赫尔，我倒有个好主意，把它们收进你的罩衫里
怎么样？"
米赫尔高兴得眼睛里闪着光，说："好啊！好啊！"
文森将手伸进树洞里一摸，掏出一把小蓝鸟。
"一、二、三、四，整整四只呢！"米赫尔喜出望外
地说。

"真是一窝漂亮的小鸟！
小家伙们，来呀，来呀！我们亲一个！"
米赫尔对四只雏鸟又是抱又是亲。
她按文森的主意，
把它们小心翼翼地揣进罩衫。
文森说："嘿，把手给我，里面还有呢！"

米赫尔赞叹道："天哪，太不可思议了！
你瞧它们多可爱，蓝色的小脑袋毛茸茸的，
小小的眼睛像针尖儿一样。"

米赫尔轻声赞叹着，

将另外三只小蓝鸟也收进了罩衫里。

米赫尔柔软雪白的胸口，变成了温暖的鸟窝。

米赫尔问："文森，还有吗？"

文森说："别着急，还有呢！"

"圣母呀，你简直像在变戏法儿！"米赫尔又惊又喜。

文森说："你是不知道，每当圣乔治节时，

这些蓝鸟会下十个到十二个蛋，

运气好时，十四个也有可能。

"再见，漂亮的树洞！

小鸟们，咱们去找米赫尔姐姐喽！"

米赫尔把最后几只小鸟送进罩衫里，

还没来得及说话，

突然她神色大变，发出一连串尖叫：

"哎哟！哎哟！"

她一边用两只手紧紧捂住胸脯，

一边呻吟着：

"痒死我了！它们在里面连啄带挠！

痒死我了！文森，快来帮帮我！"
随着最后一批"移民者"加入，
那雪白的"鸟窝"发生了骚乱。

显然，这"鸟窝"太过拥挤。
那一片狭窄的"山谷"哪里能装得下这么多小鸟？
为了防止滑落下去，
小家伙们只有探出爪子，拍着翅膀，
攀上柔软的"山峰"，寻找更开阔的"山梁"。
它们连滚带爬，在里面胡闹起来。

"哎呀，文森，快来！"那少女叫喊道，
像一树在风中乱颤的葡萄藤，
又像一头小母牛被牛虻叮咬。
可怜的米赫尔扭动着身体，痛苦地弯下腰。
恰好文森赶过来了，
重新回到她所坐的树枝。

养蚕的姑娘，请你唱起来吧，
趁着阳光明媚，采下沃若的桑叶！
为了帮助她摆脱这倒霉的灾殃，

他匆匆赶来她身旁。

文森打趣道："哈哈，小姑娘，
原来你怕痒啊！要是你也像我一样，
光着脚走过荨麻地，你得痒成什么样？"
说完，他从头上摘下红色的渔夫帽，
重新给小鸟做了窝，重新把它们安顿好。
米赫尔这才从煎熬中解脱出来。

但那位可爱的少女，却不敢抬头看文森，
她将面庞深深低垂。
她突然破涕为笑，脸颊上还挂着泪珠，
像黎明的晨露，
一面浸润着花草树木，
一面转瞬即逝，消失在破晓的阳光中。

紧接着，又一场灾难降临：
他们坐的那根树枝突然断了！
"救命啊！文森，救救我！"
米赫尔叫喊着，慌乱间抱住了文森的脖子。
两个人从桑树上，

重重地跌进柔软的黑麦田中了。

听啊，那来自希腊的风①，海上的风，
请不要再吹拂悠悠碧空！
嘘，稚嫩的微风，请你安静一会儿，
轻轻吹着，轻轻低语！
就让这一双少男少女幸福片刻，
请不要打扰他们。

潺潺的流水，聒噪的顽童，
也请你们安静下来！
不要再将鹅卵石敲得叮咚作响！
两颗心灵正步入爱情国度，
在那美妙的庭园漫步。
请不要打扰他们。

米赫尔惊得赶紧从他怀中挣开，
脸色比楰椁花还要苍白。
他们彼此分开，仔细将对方打量，
像两个落水者上了岸。

_____

①希腊的风，指来自东北方向的风。

文森先打破了僵局，
气冲冲地诅咒：

"臭桑树，坏桑树，活见鬼的桑树，
种你的那天准是黑色星期五！
你闯下这样的大祸，迟早要被主人砍掉！
就算没被砍，也要被蚂蚁蛀空，被虫子吃光！
米赫尔，你有没有受伤？"
米赫尔浑身战栗。

过了一会儿，她才回过神来，说：
"我没事，就是心里乱糟糟的。
不痛不痒，只想像个孩子一样哭一会儿。
我听不清楚，看不明白，心也痛，头也晕，
全身上下血脉乱窜，
让我不得安宁。"

文森问道："你是不是怕被妈妈骂？
怕她埋怨你采桑叶采得太慢？
我在黑麦田里忙了一天，也是如此，
脸上染得乌黑，衣服被剐得稀巴烂，

心里想象着一只小兔，上下乱跳。"
米赫尔摇摇头，说："不，不是。"

"我觉得你中暑了！"文森关切地说，
"你要不要找泰温婆婆看看？
她住在波城的山里。
她只要把一杯清水放在你的前额，
就会发出水晶一样的光芒，
可以将害人头晕的东西赶跑。"

米赫尔连连说："不是，不是，
五月的阳光吓不倒克劳的少女。
文森，你不要再猜了，我不想让你担心。
我心里的秘密像一块大石头，压得我喘不过气来。
好吧，现在我要把它告诉你：
我爱你，文森！我爱你，我爱你！"

话音刚落，空气里仿佛荡漾起蜜糖的味道，
那河堤、老柳树、青草都跟着满心欢喜起来。
可是，那可怜的编筐少年却说：
"你又美丽又聪明，我真不敢相信！

米赫尔，你爱我？
快别逗我了！你真不该编出这样的谎话。

"我实在不能相信。
请不要嘲笑我这仅存的快乐，
这一刻我可以当真，
但是我的灵魂，却会因此痛苦而死！
请收回这样的傻话，
不要玩弄我的感情！"

米赫尔举起手，发起了毒誓，说：
"要是我骗你，就让我下地狱！
请相信我，我爱你！
难道爱上你是我的罪过？难道你情愿一死？
假如你是那般铁石心肠的人，执意赶我走，
我只有在你脚下忧郁而亡！"

文森更加绝望了，说："不，你误会了！
你是朴树庄美丽尊贵的王后，
人人都把你当成公主一样宠爱。
我不过是个来自瓦拉布雷格的小篾匠，

四海为家，到处流浪，恰好路过朴树庄。
你我之间地位悬殊，隔着深渊万丈！"

"我不在乎！"那热情的少女反驳道，
像一个村野农妇那般直接，
"我只知道我爱你，
不管你是伯爵，还是编筐匠！
我只听从自己内心的声音。
你衣衫褴褛又如何？我爱你的衣衫褴褛！"

文森深情地凝视着眼前的少女，
啊，她是那么俊俏，那么迷人！
他们像一双坠入情网的小鸟。
"啊，米赫尔，你简直是个小魔女！
你的笑容令我着迷，
你的声音深嵌在我的脑海中。

"让我像一个醉酒的汉子，如痴如醉！
你的拥抱让我头脑发热，难道你没看见？
我这四处漂泊的流浪汉，
只会让你惹人嘲笑。

然而，亲爱的米赫尔，我仍然无法停止爱你。
我爱你，这爱情会将你吞没！

"啊，我爱你爱得发狂！
若你想要那只传说中的金山羊①，
虽然它日行无影，泥行无迹，
无人为它挤奶，无人把它照看。
然而你想要，我就算拼得粉身碎骨，
也要为你寻回来。

"若你想要天上的星星，
我不怕上刀山下火海，
也不怕路上行凶的歹人，
我排除万难也会给你摘下来，
好让你戴着它，
去参加礼拜。

"啊，我的米赫尔，当我第一眼看到你的时候，
你的美丽就令我难以拒绝。

---

①金山羊，普罗旺斯神话中财富与吉祥的象征，传说被撒拉逊人埋在波城的岩石下。

有一回，我从沃克吕兹的荒岩路过，
看到石缝中有一棵无花果，
它那么干瘪，树荫里连一只灰色的蜥蜴都藏不下，
甚至还不如一株黄茉莉大。

"然而，却有一条小溪，
每年经过此地一次，滋润它的根须。
每当小溪降临，那无花果树便敞开肚皮喝个够，
攒了一年的干渴瞬间消除。
宝石镶嵌在戒指上，
我们的命运就像这寓言一样。

"如果说我是荒岩中的无花果树，
你就是我的清泉！
就算你用爱情的清泉一年把我浇灌上一次，
让我像今天这样跪倒在你身前，
让我亲吻你的指尖，
我就心满意足了！"

米赫尔听了，激动不已，
任凭文森张开一双手臂，

将她拥入怀抱。
突然，林中小路的尽头传来一个老妇人的声音：
"米赫尔，蚕宝宝还等着吃午饭呢，
你的桑叶采得怎么样了？"

此时，就像某个寻常的黄昏，
一群麻雀落在松林间，
叽叽喳喳，闹得正欢。
不想无聊的拾穗人突然扔过一块石头，
它们惊得四散而逃，拍打着受惊的翅膀，
寻找另一片安静的栖身之所。

这对恋人也是如此，
他们惊得立刻分开，慌里慌张地各奔东西。
那少女头顶着桑叶，依依不舍地向农庄走去；
那少年久久伫立，
目送着心爱的姑娘离开，
直到她的身影消失在视线里。

第三章 摘茧

又到橄榄丰收季，
橄榄园中一派硕果累累的景象，
人们早已准备好陶罐，
等待着盛放那金黄的液体黄金。
装满橄榄的大车，摇摇晃晃地驶在田间小道上，
发出咯吱咯吱的声音。

克劳平原的农人们，迎来了踏酒季，
每一双脚都被葡萄汁染红了。
身材魁梧的巴克斯赤裸着上身，
带着大家跳起欢快的舞蹈。
上好的美酒从沥口中汩汩流下，
橡木桶里朱红色的泡沫越来越多。

橡树枝和迷迭香扎成的蚕山已经准备好，
蚕儿们被它的香气吸引着，
扭动着透明的身体①攀了上去。
你瞧，这群来自大自然的纺织匠，
迎着明媚的阳光，
编织出成千上万的蚕茧。

这一天是胡闹和嬉笑的日子，
这一天多么让人欢喜。
弗利格雷②的美酒，圣伯姆的慕斯卡佳酿③，
他们开怀畅饮，放声歌唱。
少男少女们混在一起，
随着鼓声翩翩起舞。

"亲爱的乡亲们，今天真走运！
自从我第一次挽着拉蒙的手臂，
作为一个年轻的新媳妇，嫁到朴树庄，

---

①透明的身体，蚕宝宝在结茧之前，要把体内的食物排空，所以看上去身体是透明的。
②弗利格雷，一种产自格拉韦松山地的葡萄酒。
③圣伯姆的慕斯卡佳酿，圣伯姆是沃克吕兹的一个村镇，慕斯卡是当地有名的葡萄品种，名叫麝香葡萄。

还从未见过蚕山上结这么好的茧子。

啧啧，今年的蚕茧出得真多！蚕茧出得真棒！

啧啧，今年田里也是大丰收呢！"

拉蒙老爹的太太吉玛说起今年的收成，骄傲溢于言表。

这位骄傲的慈母，正是米赫尔的母亲。

眼下正是摘茧的日子，

拉蒙太太邀请了很多村妇前来帮忙。

她们在蚕房中聚集，

一边摘蚕茧，一边聊着家长里短。

米赫尔时不时弯腰察看，

那些小橡树枝和迷迭香花藤扎成的蚕山，

散发出阵阵香气。

蚕儿们被这香气吸引着，

纷纷爬上蚕山，用蚕丝建造它们的新家。

那些闪亮的蚕茧，就好像伊甸园中的棕榈果。

吉玛说："昨天，我将最好的茧枝，

拿出十分之一，

献给了圣母玛利亚的祭坛。
大家都知道，
有了圣母的庇佑，
我们的蚕茧才获得了大丰收。"

"要我说，这是圣母带给你的好福气。"圣体庄的瑟尤说，
"我也如你一样日日向圣母祈求，
保佑我的蚕儿千万不要生病。
结果，有一天我忘了关窗户，
整整二十张蚕床，
一夜之间全都长出了白毛①，死翘翘了！"

对于这样的说辞，年迈的泰温婆婆不敢苟同。
她来自波城的山间，帮人家拾蚕弄茧地忙活了大半辈子。
她说："这事怨不得别人，只怪你莽撞，
总以为自己比上岁数的人高明。
但是，我们跟着命运见多识广，
想后悔却来不及了。

---

①白毛，指蚕儿的白僵病，是一种常见的真菌寄生性蚕病。

"你们这些年轻婆娘一向不稳重，
要是蚕儿出得好①，
你肯定会满世界去炫耀：
'快来看呀，我家的蚕儿长得多棒。'
你可知道，忌妒会让人迷了心智，
这些善妒的邻居很快就会带着一肚子坏水登门拜访。

"'啧啧，你家的蚕儿出得真是漂亮！'她恭维道，
'你家真是交上好运了！'
但是当你一转身，她恶毒的真面目就露出来了，
内心的忌妒让她的目光变成了一把怨毒的刀子，
直把那些年幼的蚕儿杀得一只不剩。
你却怪东风冻伤了它们。"

"老人家，你说得确实有点儿道理。"
瑟尤说，"不过我仍然认为，
那场灾祸的关键是我那天夜里没关窗户。"
"那些善妒的人心和恶毒的眼神，让你吃了大亏，
难道你还不相信吗？"
泰温婆婆轻蔑地说道，

---

①蚕儿出得好，"出蚕"指蚕卵孵化成小蚕。

"你们这些傻瓜一样的女人，
难道你们宁愿相信，
杀人的尖刀上会流下甜美的蜜糖，
却不肯听我一句忠告？
那凶恶的目光会叫婴儿胎死腹中，
叫奶牛丰满的乳汁干涸。

"人们常说，猫头鹰的眼睛会迷惑鸟儿，
毒蛇的目光会让大雁坠落，
不管那些可怜的小家伙飞得多高多远，都休想躲过。
蚕儿被这样恶毒的目光盯上，
根本就在劫难逃。
就好比，哪位情窦初开的少女，能抵御少年热情的
眉眼？"

泰温婆婆说少男少女的事，
其中四个少女丢下手中的蚕茧，不服气地说：
"不管六月还是十月，
您说话还是像毒刺一样，不招人待见！
要说男孩子暗送秋波，让他们来啊，
看我们怕不怕！"

几个快活的姑娘也跟着反驳：
"对，我们才懒得理那些男孩子！
米赫尔，你说是不是？"
"对，没错！难得大家聚在一起，
我去酒窖里拿一瓶酒来，为大家助兴。"
米赫尔顿时羞得满脸通红，找个借口匆匆逃进屋里。

有个叫劳罗的姑娘大大咧咧地说："姐妹们，听我说！
别看我家穷，甭管是谁来求婚我都不会接受，
就算他是一位富有的国王，我也瞧不上！
除非啊，他愿意趴在我脚边，
苦苦求上个七年，我才同意！"
说完笑声响起。

另一个叫克莱蒙的姑娘痴痴地说：
"啊，要是有个国王爱我爱得死去活来，
我就立刻嫁给他，决不犹豫！
他是英俊潇洒的国王，我是美丽尊贵的王后，
从此，国王和王后住在金碧辉煌的宫殿里，
过上了幸福快乐的日子！

"想想吧！我要是当了王后，
我的额头上将缀满金银珠宝。
我还要穿上华美的锦缎衣袍，
上面用金线绣着花鸟。
然后，我——美丽的王后便要衣锦还乡，
回到我日思夜想的波城。

"我要把我们的都城建在波城，
在如今的废墟之上，
重新修建一座古老的城堡，
还要建上一座洁白的塔楼，
我们站在上面，手可摘星辰。

"要是王后当累了，
我就同我的夫君手挽手登上塔楼，
去他的王冠，去他的华服，
我们高坐在世界之巅，只想好好谈个恋爱！
我们两个肩并肩，依偎在城墙上，
把我们的大好河山好好打量，
溥天之下，莫非王土；率土之滨，莫非王臣。

"啊，那安居乐业的普罗旺斯王国，

在我们眼中，像不像一片广阔的橘园？

越过群山，越过平原，

那湛蓝的海洋像不像一场梦？

贵族们驾着船儿，荡开欢快的波浪，

恰好路过伊芙堡①。

"接着，我们看到了万众瞩目的旺图山②，

它好似被闪电抓伤，山势陡峭，

群峰都臣服在它脚下。

它山顶的积雪与天接壤，隐藏在山毛榉和松林之巅，

远远望去，就像一位白发牧羊人，

拄着拐杖，守望着山脚下的羊群。

"我们还要检阅罗纳大河，

大大小小的城镇沿着两岸形成聚落，

河水无私哺育着它们，给它们带来了机遇与发展。

罗讷河水流湍急，气势雄浑，

①伊芙堡，1516年，法国国王弗朗西斯一世征服马赛后，为加强海防而修建的一座城堡。法国作家大仲马在他的小说《基督山伯爵》里也有提及。
②旺图山，位于阿维尼翁东北部的一座高山，山势陡峭，海拔1909米，山顶的积雪一年中有6个月不化。

却又不得不在阿维尼翁俯下身来，
低下它高贵的头颅，把多姆圣母院①虔诚敬拜。

"再看那迪朗斯②的河床，
它啃坏了沿途的桥梁和堤坝，
简直像一头凶狠贪吃又顽劣不堪的山羊，
又像是一位从井边打水归来的姑娘，
只顾和沿途的少年打情骂俏，
将水罐中仅有的一点儿水在路上洒光。"

这位甜蜜的"普罗旺斯王后"越说越起劲儿，
只听哗啦一声，她将满满一围裙的蚕茧倒下，
还有一对双胞胎少女，
名字叫阿莎莱斯和维欧兰妮。
她们一个皮肤黝黑，像黑宝石；一个皮肤雪白，像珍珠。
父母上了岁数后，她们就住在埃斯图布隆堡③。

她们经常来朴树庄玩耍。

①多姆圣母院，位于阿维尼翁城北，曾是教廷驻地。罗讷河流经于此。
②迪朗斯河，发源于上阿尔卑斯省，在阿维尼翁下游汇入罗讷河，全长304千米，沿途多为峡谷地带。
③埃斯图布隆堡，当地的一座中世纪古堡。

都怪那喜欢搞恶作剧的小男孩，

就是那经常拿人家寻开心的丘比特，

让她们爱上了同一个小伙子。

皮肤黝黑的阿莎莱斯，

昂着她那乌鸦般的脑袋说：

"姑娘们，既然轮到我是女王，

不管那博凯尔的青青牧场和马赛港的大小船舶，

还是欢笑的拉西奥塔①和美妙的萨隆②，

连同后者所出产的巴旦杏，一切都是我的！

我要召集所有少女，

巴邦塔纳③、阿尔和波城各地的姑娘一个都不能落下。

"我要命令她们：'飞吧，像鸟儿一样尽情飞翔吧！'

我还要挑出最漂亮的七位姑娘，

把一份至高无上的美差交给她们，

那就是辨别爱情的真伪，衡量情义的轻重。

在她们的裁断下，

①拉西奥塔，普罗旺斯地区一个沿海市镇，位于马赛和土伦之间。

②萨隆，普罗旺斯地区的一个市镇，位于阿尔和艾克斯之间。

③巴邦塔纳，当地的一个村镇，位于阿维尼翁和瓦拉布雷格之间。

大约有一半恋人都要被棒打鸳鸯。

"那些恋人往往打着爱情的名义，
却又不结婚，那就失去了爱情的乐趣。
而我，阿莎莱斯，作为王国的统治者，
我要颁布一道敕令：
凡是在爱情中受伤的痴情人，
可以向七位少女的法庭寻求慈悲的公正。

"如果有人为了金银珠宝，
出卖了他们圣洁的灵魂；
或是一颗挚爱的心灵被什么人侵犯或背叛，
以及其他什么恶劣行为。
那最高法庭上的七位少女，
将为这些受伤的爱情复仇出气。

"如果一个人同时被两个异性爱上，
不幸陷入三角恋中，
无论少男还是少女，
我的法庭都将做出裁决，
在两个原告之间，挑选出一个更加优秀的，

跟另一方匹配。

"此外，我还要在少女们身边，
安排七位甜蜜的诗人。
他们会用甜蜜的韵脚将三角恋的判词条文，
写在葡萄叶子或树干上。
然后，宫廷的乐工会把它们演唱出来。
这些美妙的词句，如同蜂巢中滴落的蜂蜜那般甜美。

"很久以前，纪尧姆家的芬尼托①
曾经在茂密的松林里，唱过这样的情歌。
她额头上的桂冠，
照耀着罗马涅和阿尔卑斯的高山。
迪亚女伯爵②的诗句同样热情似火，
曾经，她也掌管过爱情法庭。"

阿莎莱斯正滔滔不绝地讲述她的女王梦，
米赫尔抱着一只大肚瓶回来了，

①芬尼托，艾斯特芬尼托的简称，出生于普罗旺斯显赫的纪尧姆家族，大约在公元1340年，她曾主持过罗马涅的爱情法庭。
②迪亚女伯爵，生卒年为1160 — 1212年，传说是一位叫碧翠丝的女诗人，写下了《我不得不唱》等诗歌。

那里面装满了上好的葡萄酒。
她俊俏的脸蛋儿像复活节的清晨一样明亮，
笑着说："来吧，姐妹们，
咱们干一杯，好有力气干活儿！"

说完，她举起裹着柳条筐的酒瓶，
给每个人倒了一杯金色的琼浆。
那流淌的酒浆，就如一缕金色的丝线。
"这甜酒是我亲手酿的，
这些葡萄先在窗台上晒上四十个白天，
那火辣辣的阳光把它们晒得又醇又软。

"里面还加了三种高山上的草药，
可以增加酒的层次感，劲道刚刚好。"
姑娘们借着酒劲儿，聊得更欢了。
一个姑娘问："米赫尔，刚才大家都表过态了。
要是你是一位女王的话，你会怎么办？"

另一个姑娘也起哄道："米赫尔，你会如何？"
米赫尔装出一副若无其事的样子说：
"你们想让我说什么？

我生在幸福美满的家庭，父母视我为掌上明珠，

我才不要嫁人呢！"

一个姑娘说："的确，金银对你没有吸引力。"

一个叫诺拉的姑娘捂着嘴笑道：

"米赫尔，别拿这话哄我们了。

我记得，一个星期二的早上，

就是我去拾柴的那天，

我可亲眼看到你在桑树上和一个男孩子有说有笑的。

他体态轻盈，是个帅哥。"

"哪儿来的男孩子？是谁呀？"

大家对八卦的热情明显比摘茧高。

诺拉接着说："虽然他的半个身子被桑叶遮住了，

离得远看不清楚，但我敢肯定，

那个男孩子就是帅气的文森，

瓦拉布雷格的小篾匠！"

姑娘们中间爆发出珍珠般的笑声。

有的说："太不可思议了！她是跟他闹着玩吧？

说不定，她就是为了得到一个漂亮的小竹篮，

假装跟文森谈恋爱！
咱们这儿最美的姑娘，
居然挑了个穷小子当男友！"

这话一出，姑娘们笑弯了腰。
一道犀利的目光扫过每个人的脸庞。

沉默许久的泰温婆婆说：
"亏你们说得出这么恶毒的话，小心被吸血鬼抓去！
就算天主路过这里，
你们这些有眼无珠的蠢丫头也会傻笑不止。

"那小篾匠家中确实一贫如洗，
在背后嘲笑他算什么本事？
可是将来会发生什么，谁也说不准。
我要给你们讲一个奇迹，
是上帝在自己的圣所亲身经历过的。
小姑娘们，这件事千真万确。

"从前，吕贝隆①住着一位牧人，

---

① 吕贝隆，沃克吕兹境内的一条山脉。

他在山林中放牧维生。

他的一生平淡而漫长，

在半截身子埋进黄土的时候，

他偶然遇到一位来自圣欧克利的隐士，

便向他做最后虔诚的告解。

"牧人孤身一人住在沃马士克①的山中，

自从受过洗礼之后，

从未进过教堂或祭坛，

天主早被他忘到了脑后。

然而，他有一天离开自己低矮的茅屋，

来到隐士面前，虔诚祭拜。

"隐士问道：'我的弟兄，你身上有何罪孽?'

那年迈的牧人回答：

'从前，有一只鹊鸰从羊群边飞过，

那家伙本来是牧人的好伙伴，

可是我那天却失手用石头把它打了下来，

它当场就没命了。'

---

①沃马士克，吕贝隆山中的一道山谷。

"那位隐士听了，却不知道说什么好，
心里暗暗想道：'这人究竟是伪善，
还是实在傻得够呛？'
他盯着老人的脸，想了一会儿说：
'去，'他吩咐，'把你的牛衣挂在那边的柱子上，
稍后我就原谅你。'

"其实，哪里有什么柱子？
那分明只是一缕阳光！
但是那内心单纯的牧人却老老实实地站起来，
解开他的斗篷，向半空中抛去。
啊，你们肯定想象不到，
它居然就不偏不斜，恰好挂在了那道纤细的光线上！"

"那隐士立刻伏在地上，痛哭流涕：
'啊，上帝的赤子，
您有福的手，令这神圣之所蓬荜生辉，
愿它能把我的泪水拭去！
是我有眼无珠，您才是真正的圣者，
我这乡野村夫，如何能宽恕您的罪过？'"

听了老婆婆的话，姑娘们都沉默了。
只有一个叫洛丽塔的姑娘开起了玩笑：
"这故事讲得倒是有鼻子有眼的，
可披着兽皮的牲畜还有好有孬呢？
姑娘们，你们发现没有？
一听到文森的名字，

"我们的米赫尔姑娘，脸蛋儿就红得像葡萄一样。
米赫尔，要是不想让我们忌妒你，
你就快坦白，采桑那天你们在一起待了多久？
孤男寡女在一起，
是不是觉得时间过得特别快？
是不是总有说不尽的话？"

米赫尔打断她："姑娘们，玩笑开得过头啦！
你们快快专心干活儿，不要再八卦，
惹怒了圣徒，小心被下了诅咒！
我发誓，我——米赫尔，
一定会赶在自己爱上什么人之前，
找个修道院当修女去！"

少女们欢快地齐声唱道：

"这么说，现在站在我们面前的，

岂不是漂亮的玛嘉莉姑娘？

她厌倦了爱情和爱人，为了逃避尘世烦恼，

宁可躲进阿尔的圣布拉西山门，

心甘情愿从心上人的面前消失。

"诺拉，你的嗓子最动听，

你的歌声最美妙！

请你给我们唱上一曲，

快来歌唱那位可爱的玛嘉莉！

她是如何逃避爱情的，

又是如何向爱情投降的！"

诺拉也不推辞，清了清嗓子，

开始唱起来："我心灵的女王！"

诺拉的声音无比美妙，

这会儿其他人摘起蚕茧，跟着诺拉唱起了副歌。

那歌声响亮又清澈，

就像仲夏夜的蝉鸣：

一

"玛嘉莉啊，我的心灵女王，
黎明已经到来，
我敲起鼓，
请你打开窗子，
莫在那庐舍中隐藏！"

二

"天上的星星亮晶晶，
地上的风儿呼呼吹，
玛嘉莉啊，当你抬起头时，
群星便失去了光彩，
只因它们撞上了你的美目！"

三

"你敲打的曲调，
像夏日的风儿一样无聊！
我宁可钻进海里，
化作一条银闪闪的鳗鱼，
也不愿将它听到！"

四

"若你变成鳗鱼一条，
从我前面游走，
我便要做一个渔夫，
日夜生活在浪尖上，
只为将你打捞！"

五

"不管你用网子还是渔线，
你的求索总归是徒然，
我要变成一只小鸟，
飞入丛林间，
就是让你找不到！"

六

"若你变成鸟儿一只，
休怪我不客气，
我便要做个猎人，
将你的行踪紧跟，
直到你落入我的樊笼里。"

七

"当你费尽琢磨，
将残忍的机关精心架设，
我却要变成一朵野花，
在青草中躲藏，
丝毫不必担惊受怕！"

八

"若你变成野花一朵，
我便要化作清澈的小河，
在你觉察之前，
用爱慕的泉水将你浇灌，
供你酣饮止渴。"

九

"你只管做一条小河，
去浇灌那些花朵，
我却要化作白云浮在天空，
朝着新大陆的方向，
从碧空中飘过！"

十

"若你要离开自己的爱人，
向着印度飞去，
我便要紧紧把你追随，
化作海风一缕，
吹着你这朵白云！"

十一

"你这风儿就算吹得再快，
也无法跟我比赛。
我要变成火辣辣的阳光，
把牧场烤焦，
把皑皑冰雪融化！"

十二

"难道你化作阳光，
我就无计可施了？
我要变成一只绿蜥蜴，
将你那金黄的光芒吞下，
直到通体发亮！"

十三

"若你变成了特里同①，
躲在黑暗的莎草丛！
我便要化作月亮，
精灵或巫婆将借着我的灵光，
把你捉去做神秘的牺牲！"

十四

"若你变成明月一轮，
在瑟瑟的光华中航行，
我便要环绕着你，
做你苍白的身影，
伴你度过漫漫长夜！"

十五

"你朦胧的手臂，
休想将我拥入怀抱！
我要变成带刺的玫瑰，

---

①特里同，古希腊神话中海神波塞冬的儿子，形象是人鱼，这里代指上文的
"绿蜥蜴"。

用我的尖刺防卫，
坚决同你对抗到底！"

十六

"你就算变成玫瑰的样子，
也只是白费力气！
难道你就没想过，
我会化作蝴蝶一只，
轻而易举将你亲吻？"

十七

"走开，你这疯狂的追逐者，
不要再费周折！
我要躲进那茂密的森林，
找一棵老橡树藏身，
用它的树洞作为我的庇护所！"

十八

"难道你躲进暗无天日的森林里，
便以为万无一失？
我要变成常春藤一条，

用蜿蜒的手臂，

和你紧紧拥抱在一起！"

十九

"那就请你搂着那棵老橡树，

千万别松手！

我却要变成白衣修女，

在遥远的圣布拉西，

一个人孤独终老！"

二十

"若你戴起洁白的面纱，

寻求告解的话，

我便要化作神父，

将你的反抗解除，

看你奈我何！"

歌声戛然而止，蚕茧从姑娘们的手上滑落，

　"诺拉，接着唱啊，别卖关子！"她们催促着，

　"这一回，被追逐的玛嘉莉该如何回答？

可怜的修女还有什么办法？

方才短短的片刻，
她已经变过云朵、植物、鱼鸟、日月和小溪。"

"好吧，"诺拉说，
"那少女来到修道院，
而她那疯狂的追求者竟大放厥词，
要坐进告解室，对她行使赦罪的权力。
少年的执着终于打动了少女，
少女终于明白了少年的心意。"

二十一

"你只管赶来这神圣的地方！
我却早已与你阴阳两隔。
我身穿尸衣，
修女们站在四周，
为我的死亡哭泣悲伤。"

二十二

"若你变成一抔黄土，
我的辛苦也将结束。
我便要化作张开的墓穴，

用双手把你迎接，
永远将你抱住！"

二十三

"眼下我终于明了你的心意，
对我不离不弃！
来呀，美丽的歌唱家，
请你为了我，
把这枚戒指戴起！"

二十四

"有福的人儿，请你抬起眼，
看一看那蓝天！
啊，我的玛嘉莉，
星星见到你，
容颜将黯淡！"

甜蜜的歌已经唱完，
姑娘们的和声仍然余音绕梁。
每当旋律徘徊，
她们就轻轻点着头，

如同纤细的芦苇，
随着河水轻轻摇着花穗儿。

诺拉看了一眼窗外，喊道：
"快看，今天的天气真好！
工人们应该刚刚割完草，他们正在小溪边清洗大刀。
米赫尔，请给我们一些圣约翰节的果子，
我们要在那朴树林间，
就着明媚的阳光，享受一顿美味的午餐。"

第四章　三个求婚者

当树林中的紫罗兰，
在阴郁的树荫下开成一片瓦蓝，
年轻的人们便要把它们采撷，
一个个喜笑颜开。

当大海不再发怒，
当温柔降临暴躁的洋面，
成群的渔船在ㄢ蒂格扬起帆，
打上一网又一网的鱼儿。

当克劳的姑娘们出落得一个比一个漂亮，
（连克劳的土地都不知什么原因）
前来求婚的男孩子络绎不绝，
有家庭优渥的少年，也有身世清贫的穷小子。

这天，朴树庄迎来了三位求婚者，
他们的家业都很阔绰，
一个饲马，一个牧牛，还有一个放羊。
放羊的少年叫阿拉里，
他额头饱满，长得很像那座名叫大卫的雕像。
他家大大小小的羊儿有一千只。

漫长的冬天，恩垂森湖畔的咸水草原，
把阿拉里的羊群哺育。
炎热的五月，麦浪滚滚，
阿拉里就要赶着畜群，
前往绿油油的高山草原。
据说，这毫不夸张。

圣马可节的时候，
阿拉里要雇用九个工人，
连着干上三天，才能将羊毛剪完。
除此之外，他还要雇一个搬运工，
一个跑腿的牧童，
专门为工人斟茶倒酒。

当白天越来越短的时候，

阿拉里就得赶着羊群，前往恩垂森湖畔的咸水草原了。

从多菲内山谷倾巢而出的羊群，

遍布克劳全地，

他们将要在那里度过漫长的冬季。

覆盖在加伏特群山的不是白雪，而是阿拉里的羊群。

这些羊排成一支长长的队伍，

行走在崎岖的山路上。

最前面的是新生的羔羊，

它们蹦蹦跳跳的，围绕着牧羊人跑前跑后。

毛驴颈上挂着铃铛，

身后跟着小驴娃。

牧羊人骑着高大的骡子，

身后的驮筐装满行装：

有牧人的干粮和酒瓶，

那血淋淋的，是新剥的牛皮；

趴在衣服上的，

是不堪颠簸的小羊羔。

五只脾气暴躁的公绵羊是队伍的头领，
它们快步走着，把头上的颈铃摇得叮当响。
它们昂着高高的、可怕的头颅，
两只大角倔强地后弯，睥睨四方。
母羊带着幼崽紧随其后，
那些新生的羔羊真是一刻也不消停。

再往后面是山羊，
它们像一支野蛮饕餮的大军。
领路的公羊走在前头，
它们戴着络口，
巨大的羊角在耳边盘了三圈，
这让它们在队伍中显得与众不同。

刚刚长出犄角的羔羊，
脖颈和前胸染着点点红色。
接下来的打着树脂记号的，
有一两岁的羔羊，有失去幼崽的母羊，
还有些待产的母羊，
它们的步履缓慢而疲倦。

队伍里还有一些老弱病残，

有绝育的母羊，

还有些瘸腿的、没牙的、上了年纪的。

它们的角被岁月和沙尘磨得失去了棱角。

羊儿在尘土中跌跌撞撞，

牧童吆喝，牧羊犬前后奔跑。

这漫山遍野的牲口，

骡马、毛驴、绵羊和山羊，无论老幼肥瘦，

每一只都属于阿拉里，

都听从他手上的鞭子。

他得意地笑着，

检阅着他庞大的牲口群。

几条牧羊犬在他身旁跑前跑后，

他的脚上穿着一双及膝皮靴。

他的额头饱满而富有智慧，

简直就像神话中的年轻大卫。

傍晚时，阿拉里领着羊群，

来到先祖的井边。

阿拉里路过朴树庄时，
米赫尔正在门前忙活计。
他的心立刻被深深吸引，忍不住赞叹：
"难怪大家都夸米赫尔是朴树庄最美的姑娘，
我走过那么多地方，
还从未见过这么漂亮的姑娘！"

为了将那张俊俏的脸蛋儿看个清楚，
阿拉里抛下羊群，装作迷路的路人，
径直来到米赫尔面前，问：
"这位美丽的姑娘，
我在山里转了向，
你能否帮我指点迷津？"

"没问题！"米赫尔大大方方地为他指了路，
"请你一直朝前走，穿过佩若-马洛荒漠，
沿着曲折的山路来到那门廊①，
它就在一座古墓旁，
前面矗立着两位将军的雕像，

---

①门廊，阿尔卑斯山脚下的一个地方，那里有两座对立的罗马纪念碑，看起来很
像门廊。

当地人叫他们'老家伙'。"

阿拉里说："哦，太谢谢你了！
我路过这里，
明天早上就要赶着羊继续赶路，
它们足足有一千只。
我先去探探路，
看看在哪里放牧，在哪里安营扎寨。

"这些漂亮的牲畜都打着我的记号，
谢谢你帮我指路，我的牧女，
你真是个好姑娘，夜莺也将为你歌唱。
亲爱的米赫尔，我想送你一件礼物以表谢意。
就是这个，黄杨木酒杯。
这虽然不是什么奇珍异宝，却是我亲手打造的。"

阿拉里从怀里掏出那只漂亮的杯子，
它果真是绿色的黄杨木雕制而成，
被一块布小心翼翼地包着，看起来真像一件圣物。
在放牧途中，只要一有空闲，
阿拉里就会坐在石头上，

用手中的刻刀雕出一些奇思妙想。

阿拉里曾经雕过一个响板，
它在漆黑的夜晚可以给羊儿领航，
羊儿循着声音跟在后面，
就不致迷失在荒野。
他还能在那些发声的颈环和骨制的铃舌上，
随意雕刻出花鸟、人物和肖像。

说起他那只黄杨木的杯子，
你绝对不相信，这件精美绝伦的东西，
居然出自一个牧人的刻刀和智慧：
杯口环绕长着一株绽放的罂粟，
在它低垂的花儿中间，
两只岩羊构成了把手。

在那下面，有三位少女，
她们又惊又喜，
望着树荫下打盹儿的牧童，
唯恐将他吵醒。
她们踮着脚尖，悄悄靠近，

从篮子中摘下一颗葡萄，放在他的唇边。

那少年从微笑中醒来，
为首的那位少女顿时吓得目瞪口呆。
这杯子气味清新，
显然，阿拉里从未用过它。
杯子上是栩栩如生的雕琢，
处处透着黄杨木本身的颜色。

米赫尔见到这精致的杯子，先是大吃一惊，
然后摇摇头，说："这礼物太贵重了！
但是，我的心上人会给我一只更好的，
那里面还有他对我的爱！
当我闭上眼，便能感受到他火热的目光，
这让我心跳不已。"

说完，米赫尔转身离开，
像一个狡猾的精灵，消失在灰色的夜幕中。
阿拉里既悲伤又好奇，
这美妙的姑娘竟然爱上了别的男子。
他无奈地收起酒杯，

和他的一千只羊继续赶路了。

没过几天，朴树庄又来了一个求婚者。
他叫维伦，是桑布①的牧马人。
他的家乡在一座小岛上，
上面开满了美丽的紫菀花。
他驯养着一百匹乳白色的野马，
马儿啃咬着丛生的蒹葭。

是的，整整一百匹白色的骏马！
它们长长的毛发，
像海面上翻滚的浪花。
当它们一齐奔腾向前，
那乱蓬蓬的鬃毛，
就像空中落下的一件雪袍。

说来真是人类的羞耻，
这些卡玛格②的牲畜从来不怕残忍的马刺，

①桑布，阿尔的一个小村镇，位于卡玛格岛上。
②卡玛格，阿尔的一个地区，位于罗讷河三角洲的两道河流之间，地形以草原湿地为主。

它们更愿听从带着体温的手掌的爱抚。
只有少数几匹，
禁不住诱惑，被人类套上了辔头，
将它们从咸水草原掳走。

然而，说不定哪一天，它们便会大发脾气，
将骑马者掀翻在地，
然后迎着风一口气跑出二十里①之外，
跑回熟悉的瓦喀里斯②来，
重新呼吸着带着咸味的空气，
摆脱了十年的苦役。

既然这些野马，白得像浪花一样闪闪发亮，
那大海岂不是它们的家？
也许，它们曾经趁着大海咆哮，
如船舶挣脱缆绳，
从海神的车辕下逃跑。
这些卡玛格的野马，发出喜悦的嘶鸣，

①二十里，"里"指里格，一种笼统的、用于丈量陆地和海洋的古老长度单位。
②瓦喀里斯，卡玛格岛上的一片湿地，由盐池、泻湖和沼泽组成。

尾巴像鞭子一样摇摆着。
它们骄傲又威猛，用四蹄刨着泥土，
那性情暴躁的波塞冬，稍有不满，
就会降下瓢泼大雨，
掀起暴风，把怒气撒到海洋身上，
甚至曾经用三叉戟刺穿野马的肚子。

这些马儿都归维伦所有。
这位来自荒岛的酋长，骑马走过克劳平原，
来到米赫尔家的农庄。
在他的家乡，在那片广阔的三角洲上，
在那罗讷河的入海口，
街头巷尾都在议论这位美丽的少女。

维伦穿着一件阿尔人的长马褂，
信心十足地前来提亲。
轻盈的衣摆垂在背后，
鲜艳的衣带像一条花蛇，
头上戴着一顶油皮帽子，
在太阳下闪闪发光。

他满心欢喜地来到朴树庄，
拜访米赫尔的父亲：
"尊敬的拉蒙老爹，我从罗讷河下游的卡玛格来，
我是牧羊人皮耶的孙子，
经常听祖父提起您。
他的马儿为您服务了二十多年，

"专门把打谷场上的麦穗儿踩踏。
您肯定会记得，我爷爷曾经有三打马群。
但是如今，我必须很高兴地告诉您，
这个数字已经像面团一样发酵，
用镰刀割都来不及，
只是比一百少两匹而已，就是九十八匹。"

拉蒙老爹说："好孩子，快进来！
想不到皮耶的孙子都已这么大，
我和你的祖父打了二十多年交道！
如今我们都上了年纪。
你别急着走，快进屋，
我有好多话想跟你聊。"

维伦开门见山地说："拉蒙老爹，
您还没明白我的来意！
在那遥远的桑布，我岛上的故乡，
有一次来了几个老乡，
我们给他们当助手时，
偶然间说起您的女儿米赫尔。"

"他们把令爱夸得美若天仙，
承蒙您厚爱，"维伦说道，
"如果能讨您喜欢，就请让我做您的乘龙快婿。"
"上帝保佑，让我此生见到你！"
拉蒙老爹说，"我老朋友的好孙子，
多谢对我和我家的赏光。"

拉蒙老爹叠起双手，举得老高，
笑得合不拢嘴，说：
"维拉尼特①，那真是我的荣幸！
如此一来，我们两家便是亲上加亲了。
米赫尔是我的心肝宝贝，
我为她备下丰厚的嫁妆。"

---

①维拉尼特，维伦的昵称。

拉蒙老爹随后把女儿叫来，
把少年的来意一五一十地告诉她。
米赫尔脸色一阵阵发白，结结巴巴地说：
"父亲，您犯糊涂啦？
您忘了，我还是个孩子，
您一定不愿意我小小年纪草草嫁人！

"您不是常说，与人交往要慎重。
人应该学会慢慢地相处，慢慢地去爱。
在深入交往之前，要先把他了解清楚，
可是现在，您好像把这些话都忘了！"
她脸上慢慢有了血色，
心里有了自己的主意。

微笑重新爬上了她的脸庞，
就像雨后的花儿，重新仰起湿答答的脸蛋儿。
米赫尔的母亲，也觉得这门婚事太草率。
维伦觉得再坐下去未免尴尬，起身说道：
"拉蒙老爹，既然这样，我就先告辞了。
皮耶家的人不是厚脸皮的人。"

就在这个夏天，第三位求婚者也来到了朴树庄。
他名叫欧瑞阿斯，是卡玛格佩提特的放牛郎，
擅长给野牛拴鼻和打印。
在那荒凉无边的咸水草原上，
由于常年与洪水、迷雾和艳阳做斗争，
黑色的野牛生性桀骜不驯。

草原上的所有牛儿都是欧瑞阿斯的财产，
无论寒冬酷暑，他们都形影不离。
他在牛群中出生，在牛群中成长，
他强壮的身体和残忍的心脏，
都跟狂奔的野牛一样。
一双野蛮乌黑的眼睛，透着倔强。

那些性格暴躁的野牛，
每一个都怕欧瑞阿斯。
他对付那些不愿断奶的小牛犊也不手软，
直打得它们服服帖帖断奶。
那些揣着小牛崽儿的母牛，
曾经被他打得挣脱缰绳，躲进灌木丛。

欧瑞阿斯的额头有一道明显的伤疤，

是在一次大烙印节上留下的。

记得那一回，一百位强壮的骑士来到这咸水草原，

他们来自里桑托、艾格毛托、阿巴隆、法拉曼。

野牛们惊得四处狂奔。

骑士们举着三股叉在后面穷追不舍，

它们惊慌嘈杂的蹄声，

像一阵毁灭性的飓风。

小母牛和公牛犊子一路狂奔，东蹿西跳，

踩烂了无数矢车菊和盐角草①。

最后把它们都赶进烙印场，

这些野牛加在一起足足有三百头。

它们起初被吓得一动不动。

骑士们的鞭子让它们重新陷入了骚乱，

它们围着烙印场狂奔了整整三圈。

就像那吕贝隆山中，

猎犬追逐着松貂，

---

①矢车菊和盐角草，矢车菊是克劳平原上一种常见的野花，常见于收获之后的田间。盐角草是一种海蓬类的耐盐植物，多生长在海边的盐碱滩涂。

巨雕驱赶着鸱鹰。

说来真让人不敢相信，
欧瑞阿斯跳下马背，冲入牛阵。
这些畜生被激怒了。
最惹眼的是五只公牛犊，
它们把角戳向空中，眼睛瞪得像团火，
在围场内横冲直撞。

它们在前面跑，欧瑞阿斯在后面紧追，
并用鞭子狠狠地抽打它们，
那情形，就像疾风驱赶着乌云。
很快，他就追到了跟前。
欧瑞阿斯气得暴跳如雷，
对着它们赤手空拳地捶打起来。

围观者们纷纷鼓掌欢呼，
围场里顷刻如热闹的奥林匹克会场，卷起团团白色的尘土。
头碰头、力顶力的角逐时刻终于来到，
只见欧瑞阿斯擒住一只牛角，
那猛牛哪肯白白受这般欺侮，

它咆哮着，怒吼着，奋力想要挣开。

却不想，它的暴怒都是徒劳！
那牧牛人用浑圆的肩膀把硕大的牛头扛住，
然后他灵巧地一转身，
扳住它粗糙的脊背，一下将它掀翻在地。
好一个牧牛人，他就像一座小山一样，
跟那牲口扭打在一起。

围观者们喝彩道："欧瑞阿斯，干得漂亮！"
欢呼声震得柽柳枝条乱颤。
随后，五个精壮的后生将这牛犊死死摁住，
欧瑞阿斯赶紧举起烧得通红的烙铁，
"滋啦"一声，在牛臀上打下烙印，
以此记录他的胜利。

远远的，一队白色的小马朝围场而来，
待它们走到近前，才看到，原来马背上是一队阿尔的少女。
她们心情激动，娇喘连连，
为她们的英雄献上了一杯美酒，
随后就转身离开，

身后各自跟着一位忠诚的骑士。

那斗牛英雄并没有多看某位姑娘一眼，
他全部的心思都在剩下的四头猛牛身上。
欧瑞阿斯毫发无伤，对手却已经被激怒，
他越发狠起来，发誓要将它们一一征服。
这情形，就如割草人面对残余的青草，
手中的镰刀挥舞得越发有力。

很快，所有的野牛都被制服了，
最后还剩一头身上点缀着斑点的公牛。
围观的牧人们叫道："住手吧，好汉！"
欧瑞阿斯却似没听见，
他紧紧地握着三股叉，汗水从他的胸口流下，
发誓要与那斑点牛一决高下。

趁那畜生不注意，他一下刺中牛的脸面。
然而，三股叉突然崩断了。
那畜生彻底被激怒了，仿佛如魔鬼一般。
欧瑞阿斯抓住它的角，却反被它抢了数个来回。
他们厮打在一起，

将地上的盐角草踏得稀巴烂。

围观的牧人们挂着长长的鞭刺，在马背上作壁上观，
看着这场你死我活的较量。
这是他们各自复仇的恐怖时刻，
不是前者将后者碾碎，就是后者将前者摆脱。
那畜生伸着长长的舌头，
舔着血淋淋的鼻口。

那汉子昏厥了过去，像一摊烂泥躺在地上。
公牛赢了！
"起来，别装死！"人群里发出怒吼。
但没用！那畜生用凶残的大角把对手高高挑起，
同时野蛮地一甩，
欧瑞阿斯顿时被甩出十米外。

欧瑞阿斯的小命是保住了，
但因为眉骨受到重创，
一个难看的大疤便留在了脸上，
像从乌云中迸发出的一道红色闪电。
配上他倔强的眼睛和强壮的胸膛，

让他看起来凶神恶煞。

眼下，欧瑞阿斯正骑着马，

高举着鞭刺前来向米赫尔求婚。

半路上，正好撞见米赫尔在泉水边刷奶酪筐。

米赫尔挽着衣袖和裤腿，

露出洁白如雪的肌肤，

欧瑞阿斯看得心头一热。

他说："你好啊，可爱的姑娘！

你可真能干，奶酪筐被你刷得简直像镜子一样明亮！

你能不能行行好，

让我的马喝点儿你脚下的泉水？"

米赫尔干脆地回答："没问题，想喝多少就喝多少，

我们这儿可不缺水！"

欧瑞阿斯继续说："姑娘，

你听说过我们索瓦雷尔吗？

是个野牛遍地的牧区。

我们那儿的女人根本不用干这些粗活儿，

过得轻松多了。

你要是能嫁过来，肯定比现在过得好。"

米赫尔摇摇头，说："可是，我也听人说，
牧区的少女们，一个个都无聊得要死。"
欧瑞阿斯说："找个男人嫁了，就没有那样的困扰了。"
米赫尔说："那儿的天气热得人眼皮生疮，
水也又苦又涩。"
欧瑞阿斯笑道："茂盛的松林会为你遮挡烈日。"

米赫尔说："可我听说那儿的松树，每一棵都盘着大蛇。"
欧瑞阿斯说："别怕，红鹤和苍鹭会把大蛇吃掉。"
米赫尔索性说："松树和朴树天各一边！我才不去！"
欧瑞阿斯说："有句老话说得好，所到之处必有面包！"
米赫尔说："我只与自己爱的人分享面包。"
欧瑞阿斯说："那就请你爱上我吧！"

米赫尔微微一笑，回绝了："休想！
除非这池水中的睡莲结出葡萄，
除非这波城变成一座仅可通船的孤岛，
除非这巍巍群山像蜡烛一样熔化，
除非你的鞭刺开出鲜花。"
欧瑞阿斯碰了一鼻子灰，气鼓鼓地走了。

第五章　两大情敌决斗

晚风习习，薄暮天凉，
那白杨树的影子被拉得老长。
距离日落还有一个时辰，
劳作了一天的庄稼汉眼巴巴盼着夜幕降临。
田野里被夜色笼罩着，
勤劳的婆娘站在门口迎接她们的男人回家。

因为与米赫尔在泉水边闹了不愉快，
那给牛犊打火印的欧瑞阿斯非常不爽。
他怀恨在心，愤懑难当，
一股股热血涌上他的面堂。
他一边在石楠丛中快马加鞭，
一边咬牙切齿，恶狠狠地诅咒。

克劳平原的碎石，就如灌木丛中的紫李一样多。

欧瑞阿斯气得冒烟，

把一腔怒火都撒在了那边无辜的碎石身上。

如果可以，他更想用手中的矛枪，把那太阳刺个透心凉。

这时，路边蹿出一头受了惊吓的野猪，

它正沿着暮色苍苍的奥林比①山坡匆匆逃窜。

不想半道埋伏着一条猎犬，

它竖起脊梁上的鬃毛，

在山橡树上磨着獠牙。

都说不是冤家不碰头，

一脸快活的文森，

偏偏迎面撞上了气急败坏的欧瑞阿斯。

此时此刻，文森快活地走在通往米赫尔家的小路上，

他健步如飞，恨不得马上见到心心念念的恋人。

他回想起，在春天里的一个上午，

米赫尔在桑树下曾对他说的那些细细软软的情话。

他一想到这些，身体就分外挺拔，

脸上洋溢着爱情的荣光。

---

①奥林比，位于瓦尔省和罗讷河口省之间的一道山脉。

柔和的风儿灌满他的衣衫，

他赤着脚踩在石砾上面，

简直像蜥蜴一样，又轻又快。

啊，他曾无数次在苍茫的荒野中徘徊，

却未曾像这般愉悦。

坠入爱河中的人儿，声色里尽是掩饰不住的喜悦。

大地迎来了清凉的黄昏，苜蓿缩起了叶片，

文森像一只快活的蝴蝶，

落在米赫尔家附近的桑树林中。

他小心翼翼地藏在隐蔽处，

学起了鸟叫，咕咕——咕咕——

这是他和米赫尔约定好的信号。

米赫尔听到文森的声音，

轻手轻脚地溜进了桑树林中。

夏夜美妙的月光，

照亮了水仙花的蓓蕾。

甜美的晚风徐徐吹来，

成熟的麦穗儿婆娑作响。

大地上的一切都在风中飘摇，

一如满怀热情的心脏在狂欢。

又如一只狂喜的山羊，

跳过奎拉斯①粗犷的山梁，

把追赶它的猎人远远甩在身后，

绝世独立，矗立于山峰之巅。

还像松树下的白雪，含笑把远方眺望。

然而，这一切诱惑和喜悦，

都比不上另一种欢乐，

那是属于文森和米赫尔两情相悦的欢乐。

当温柔的夜幕降临，

（树木有耳，我的嘴唇啊，说话要轻些，免得被它们

听见。）

他们的手在夜幕中摸索着，紧紧握在一起，

心中有千万句话却不知从何说起。

两个人就这么默默无语，

踢着脚下的小石头。

————————————

①奎拉斯，上阿尔卑斯的一道山谷。

那初恋的爱人就是如此，往往不知如何开口，
这小小的懊恼化作了嬉笑的闲聊。

文森先开了口，他说起在夜空下席地而眠，
说起农夫的狗在他腿上留下的伤疤，
并把裤腿往上撸了撸，果然有个伤疤。
米赫尔说起日复一日的活计，
说起父母和那些求婚的男子，
说起贪吃的山羊糟蹋了一片花儿。

仅有一次，他们在荒野上一片草地幽会时，
文森不知从哪儿来的勇气，
像神秘的猫儿一般，
突然跪倒在米赫尔面前，
（树木有耳，我的嘴唇啊，说话要轻些，免得被它们
听见。）
乞求道："亲爱的米赫尔，你吻我一下！"

"我每天吃不下，也睡不着，"他诉说着心中的苦恼，
"只因深深把你惦记。
啊，亲爱的，只有你的呼吸能让我获得重生。

米赫尔，别离开我！不要让我孤苦伶仃！
就让一个痴心的爱人，
跪倒在你的石榴裙下，把你的裙角终日亲吻。"

"啊，文森，"米赫尔慌忙捂住文森的嘴，说道，
"罪过罪过！要是被人家听了去，
爱说闲话的鸟儿又要嚼舌头。"
"亲爱的姑娘，你别急；
亲爱的姑娘，你别慌，"文森说，
"我要把爱说闲话的鸟儿都赶跑。"

文森接着说："在罗讷河深处，
生长着一种叫鳗草的植物。
它们长在水下的河床里，
会在不同的枝上开出两朵花。
它们常年被水流隔开，
然而，一旦求爱示好的季节来到，

"其中一朵就会浮出水面，
在明媚的阳光下绽放。
而另外那朵花，

就想游过去亲吻它。
奈何河中水草纠缠，
它亲吻不到，竟会生生将自己纤细的茎秆儿折断。

"它自由了，它也死了，
用苍白的嘴唇将它的姐妹亲吻。
我就像那鳗草一样，如果没有你的吻，
我将在今夜死去！
此刻只有我和你，
米赫尔，别害怕！"

米赫尔脸色苍白，
文森像一头疯狂的野兽将她揽入怀中，
米赫尔从他滚烫的怀中挣脱。
他再一次伸出手来，
（树木有耳，我的嘴唇啊，说话要轻些，免得被它们
听见。）
"不要！"米赫尔扭身，继续躲着。

然而这却让文森更加狂热了，
米赫尔狠狠掐了他一把，转身溜走了。

接着，远处传来了少女银铃般的笑声，
她不忘把小箍匠高声揶揄着。
如此，两个人每天偷偷幽会，
感情一天天升温。

现在我们回过头来，
继续说文章开头的那一夜，
欧瑞阿斯和文森这对冤家狭路相逢。
欧瑞阿斯想来那就是米赫尔的情郎了，
他气急败坏地说："臭叫花子，
我就知道是你将米赫尔迷住的！

"既然你要去找她，
麻烦替我给她带句话。
你就告诉她，她那副面孔简直像臭鼬一样，
在我眼里连一块烂布头都比不上！
你是在发抖吗？我看到你的肩膀抖个不停。
滚吧，快把我的话带给她！"

文森先是愣了一下，
转而怒火中烧，仿佛要蹿上云霄。

他说："人渣，住嘴！不许你诬蔑米赫尔！
你是不是皮紧了，欠收拾？"
文森发起怒来，简直像一头饥饿的豹子，
他怒目圆睁，脸憋得紫红，气得直打哆嗦。

这副神情着实把牧牛人吓了一跳，
但欧瑞阿斯也不是吃素的。
他挑衅道："试试看！
我一会儿就打得你屁滚尿流！
呸，你的小嫩手，还想跟我比试！
我看你顶多拧个柳条，再就是掏个鸟窝！"

文森火冒三丈，说：
"对，我就是要像拧柳条一样，拧掉你的脖子！
有胆过来，你这孬种！
我以加利西亚的圣雅克之名起誓，
你绝对再也看不到家乡的柽柳了！
我要砸烂你这身软骨头！"

这么快就找到了一个动手的机会，
牧牛人有些犹豫，说道：

"别着急，等一下，
让我先抽上一袋烟，你这个小傻瓜！"
说着，他提出羊皮烟袋，
把一根破烟斗往嘴里塞。

"难道你的亲娘把你生在灰菜底下了吗？
再或者，没有人给你讲过熊人贞①的故事？
那大力士奉命出去，
赶着两头牛去耕地，
他却把牛和犁抓在手上，
像牧人抡着拐杖一样。

"熊人贞一下就把它们抛上了白杨树梢。
小子，算你走运，这里没有白杨！
你的屁股也能少吃点儿苦头！"
文森像鞭子一样绝不认输，
他高声咆哮着："别老说我，你要不是一头胆小的猪崽儿，
就自己从马上滚下来！

----

①熊人贞，普罗旺斯神话故事中的主人公，是牧羊女和一头熊所生的孩子，力大
无穷。

"别只顾坐在上面指手画脚：
我们比试比试，有胆你就别做缩头乌龟，
看谁吃了更好的奶水，
究竟是我，还是你这大胡子恶鬼！
居然敢对端正甜美的朴树庄少女胡说八道，
看我如何收拾你这草包！

"这地上的花儿都比不上她。
我行不更名坐不改姓，我是文森，米赫尔的追求者。
我必须给你点儿颜色看看，
你对她的诽谤，一定要用自己的血才能洗刷掉！"
欧瑞阿斯叫嚣着："看我的，站稳了，
你这游手好闲的臭流氓！"

两个情敌开战了，他们脱掉上衣，
拳头飞舞，脚下的石砾被踢得乱响。
他们扭打成一团，
就像草原上的两头公牛一样。
太阳在炙热的天空中观战，
一头黑色的小母牛也站在高处的草原上，

悠闲地看着这场恶战。

暴怒的雷电一触即发，

两位情敌已经失去了理智。

经过一番激烈的较量，

现在两人都垂下了头，准备喘息片刻再度交手。

那拳头撞在一起的声音让空气都发抖。

这战斗持续了很久，

双方都被怒气冲昏了头。

那爱情的魔力让他们陷入一次次冲锋中，

看上去两边都赢了，但又像都输了。

欧瑞阿斯率先吃到了狠狠的一拳，

在第二下打来之前，

他抡起碗大的拳头，把义森好一顿揍。

欧瑞阿斯说："有本事就别躲，小瘪三！"

"痛快，就像挠痒痒一样！"文森吐掉嘴里的血水喊道。

欧瑞阿斯又说："小瘪三，别逞强了！

为个臭婆娘，这么挨打值得吗？"

"还是先操心你的破鼻子吧！"文森越战越勇，

说完对准欧瑞阿斯的鼻子就是一拳。

欧瑞阿斯的鼻子顿时像开了红染坊一样，血流不止。

两个男人像角斗场里的公牛一样，

膝盖抵着膝盖，膀子顶着膀子，

谁也不敢放松半毫。

他们脖子上的青筋暴起，

小腿上的肌肉绷得鼓鼓的，

谁也不肯结束战斗。

他们牢牢地拱立，

就像一只大鸨张开两道羽翼，

又像两座巨大的石墩，撑起那架有名的桥梁，

横跨在加东河①上。

之后，两个人分开，

各自提起拳头，像捣蒜一样对打起来。

暴怒之下，两人连抓带咬。

文森的拳头像是迅猛的冰雹，

欧瑞阿斯的拳头像粗壮的大棒！

文森领教着对方的力量，发起连番反攻。

---

①加东河，加尔省的加东河，河上有一座古老的桥，传说是古罗马人的遗迹。

文森心里惦记着与米赫尔的幽会，
不敢恋战，只想赶紧结束这场恶斗。
他的拳头像雨点一般落下，
打得欧瑞阿斯没有喘息的机会。
一身蛮力的欧瑞阿斯也不是好惹的，
他瞅准一个空当，将文森拦腰抱起，

然后摔过肩去，
就像普罗旺斯的庄稼汉扔一捆麦子一般。
文森摔在地上，好在没有受伤。
"爬起来接着打！你这条臭虫！"欧瑞阿斯叫嚷着，
"你要是爱吃泥巴，就可劲儿啃吧！"
"别废话！畜生才会被你打趴下，

"再来三个回合！"
文森被激怒了。
他仿佛被洪荒之力附体了，
气得火冒三丈。
他拼了命，重重地朝那野蛮人打了一拳，
正中对方胸口。

这个力道如此惊人，
直打得欧瑞阿斯额头冒冷汗，眼前发黑，
最后一个趔趄，没站稳，
重重倒了下去。
结束了，一切都结束了，
克劳平原陷入了死一样的沉寂。

克劳平原被雾气笼罩着，仿佛一直延伸到海里；
海面又与苍天相接，就像一场梦幻。
突然，一阵叮叮当当的声音打破了这沉寂，
这声音来自欧瑞阿斯的马。
它正无聊地扯着一棵矮橡树的叶子，
把挂在身上的铁马镫弄得叮当作响。

"恶棍，都是你自找的！"文森说，
"让你不知道天高地厚！"
在这寂静的荒原上，
文森顺势把脚踩在他的胸口上，狠狠踩了两下。
欧瑞阿斯数次想把文森的脚掌搬开，
都被对方一拳打下来。

任何反抗都是徒然，
他像一头可怜的海怪一样躺在地上，
张着大嘴，喘着粗气，
黑红色的血从他的嘴里、鼻子里汩汩冒了出来。
"这么看来，那生你的老娘还真不规矩！"
文森以胜利者的口吻嘲讽道。

"臭放牛的，滚回你的牲口群，
告诉它们，我的拳头是什么滋味！
另外，别忘了把你身上的瘀青和耻辱藏起来。"
说完，文森把他放了，
就像剪羊毛的工人剪完羊毛，在羊屁股上拍一拍，
任它自由离开。

欧瑞阿斯带着满腔怨恨和一身尘土，
从地上骂骂咧咧地爬起来。
然而，他没有回家，
而是在橡树和金雀花之间东翻西找，
好像在寻找什么东西。
突然，他从地上捡起那野蛮的三股叉。

他高举着铁叉，向文森狠狠刺去。
可怜的编筐匠来不及躲闪，大叫一声：
"人渣！竟敢从背后放冷枪！"
说完，他像个麻袋一样倒在了草丛里，
欧瑞阿斯的脸上露出了报复性的奸笑。

文森忍着痛楚，像殉难的圣徒一样悲壮，
他望着掩藏在树木后面的那座农庄，
温柔而又急切地把它眺望，
他想说话，可是全身绵软，一个字也说不出来。
但那期盼的眼神好像在说："啊，亲爱的米赫尔，
看啊，我正在为你死去！"

面对这忠贞的爱情卫道士，
欧瑞阿斯毫不留情，恶狠狠地说："去死吧！"
说完，他高举着铁叉，
再次向文森刺去。
那不幸的人手无还击之力，
滚落在草丛里，留下一声重重的呻吟。

文森身下的青草沾满乌黑的血迹，
草里的虫子被这血腥味儿吸引着，爬满他的身体。
欧瑞阿斯策马狂奔，
在月色下匆匆窜逃。
脚下的石砾随着马蹄飞起，
他嘴里自言自语："野狼的晚饭有着落了。"

克劳平原多么寂静。
昏暗的地平线与海洋相连，
海洋又与苍天相接。
在那海天相接的地方，有一丝星星点点的光亮，
天鹅和火烈鸟正扇动着鲜红的翅膀，
向那残存的暮光朝拜。

逃吧，欧瑞阿斯，你赶紧逃吧！
别拉缰绳，就让你身下的马儿不停地逃，
苍鹭飞过，发出瘆人的哀鸣，
一声声送入你的牦牛耳中，
直吓得它耳朵颤抖，鼻孔哆嗦，
眼里满满的恐惧。

欧瑞阿斯和他的马被罗讷河挡住了去路。

河边正好有一艘破木船，船上坐着三个伙计。

他朝伙计们大喊："撑船的，我要过河！走吗？"

其中一个说："上来吧！"

欧瑞阿斯登上船，

把马儿的缰绳拴在船尾，让它跟在后面泅水。

一条条银白色的鱼儿欢快地跃出水面，

打乱了水面的平静。

这艘破旧的老木船，

跟跟跄跄的，像一个喝醉酒的汉子。

欧瑞阿斯心里一阵发慌，说：

"伙计，好好驾船！"

掌船的伙计说：

"糟糕，我们的船上肯定搭上了恶魔！"

这见鬼的破船早已腐烂！

"上帝发怒了！"欧瑞阿斯叫喊道，

他跟跟跄跄地抓紧船舵。

像一条受伤的毒蛇，被牧人用石头砸断了脊梁。

这船开始没来由地就地打转，
欧瑞阿斯吓得面如死灰，问：
"伙计，这到底是怎么回事？"
"我要被你害死了！"船伙计惊叫起来，
"我撑不住了！这船像鲤鱼打挺一样乱窜！
啊，你这条恶棍！

"你，一定是你……刚刚杀了什么人！"
欧瑞阿斯狡辩道："是谁告诉你的？
我要是杀人了，就让水里的撒旦用叉子刺死我！"
"大事不好！"船伙计铁青着脸说，
"今晚是圣美达之夜！那些沉睡的水妖，
都要在今夜回到陆地。

"看啊！他们已经从水中升起，
他们排着长长的队伍，正在嘤嘤痛哭！"
可怜的人儿，他们光着脚，
踩在河滩上的鹅卵石上！
那河底肮脏的泥水，
正顺着他们的污衣乱发滴下来。

"看啊，他们每个人举着一支蜡烛，
在那高大的白杨树下列队前行。
这队伍络绎不绝，
后面的人儿还在一个接一个地爬上河岸。
我敢打赌，正是这些冤魂野鬼像那要命的风暴一样，
把我们的船儿摇晃。

"看啊，他们的腿肿得像白面馍，
他们的手乌青发黑！
那沉重的头颅一定是刚摆脱水草的纠缠！
啊，他们一边走，一边眺望着星辰，
他们在贪婪地呼吸清新的空气，
他们为了重回克劳平原而激动万分！

"晚风吹来丰收的讯号，
给他们的旅程带来一点点欢愉！
他们衣衫上的泥水仍然滴落不止，
后面的人儿仍然一个接一个爬上河岸。
看啊，这些冤魂中，"船伙计悲叹道，
"有男有女，有老有少。

"啊，我的天哪！这些凄惨的人无比厌恶淤泥，
他们痛恨一切渔夫的生计。
他们曾以打捞鳗鱼和鲈鱼为生，
临了临了却葬身鱼腹。
然而，那又是什么？难道是另一支凄惨的队伍，
也在沙滩上赶路？

"啊，那些是可怜的被遗弃的少女，
她们在向罗讷河祈求着希冀，
指望着这大河能将她们的痛苦埋葬。
唉！唉！她们注定悲苦一生。
她们温柔的心灵和凄惨的遭遇，
以及可爱的胸脯，都将终日在水草中挣扎。

"听啊，她们披散的长发坠下一串串水珠，
淅淅沥沥，那是河水还是她们的眼泪？"
果然，一队长长的冤魂各自举着烛火，
悄无声息地走过夜晚的河滩。
空气里是死一样的寂静，
甚至可以听到飞蛾振动翅膀的声音。

"船伙计，"欧瑞阿斯吓得紧紧抓住船伙计问，

"你瞧，他们是不是在找什么东西？"

"没错，这些可怜的人儿！"船伙计回答，

"他们这样探头探脑，

是在寻找自己上辈子的行迹，

那是他们生前做过的一切善事。

"他们每找到一件，

就会像羊儿见到苜蓿一般，

匆忙把它摘下，

直到它在手中变成一把鲜花！

然后，他们便欢欢喜喜，

把这些花儿交到天父手中。

"这样，圣彼得①就会给他们打开天门。

这些溺死之人，

仁慈的上帝会给他们指明道路，

好让他们将自己救赎。

但是，在黎明到来之前，

————————

①圣彼得，据说他掌管着天国的钥匙。

128

仍然有人要重新回到河底丛生的水草下面。

"那些都是穷凶极恶罪大恶极之人,

他们中有贪虐者、谋杀者、叛徒和信邪神者,

他们注定要被蛆虫啃噬。

他们在河滩上寻觅不到善事,

只会找到自己犯下的罪孽和恶行。

它们像河滩上的顽石一样,成为他们一生的羁绊。

"可怜的驴子被暴打而死,死后就获得了解脱。

但是那暴怒的驴子主人,

将永远不会得到上帝的怜悯。"

忽然,欧瑞阿斯惊慌失措地抓住船伙计,

像一个逃命的强盗抓住救命稻草一般。

"看哪,船漏水了!"他惊叫起来。

船伙计冷静地回答:"水瓢就在那里!"

于是,欧瑞阿斯拼命地将水舀出去。

啊,舀吧,勇敢的欧瑞阿斯!

一切水妖,都在今夜的丁格泰尔桥①上舞蹈。
_____

①丁格泰尔桥,阿尔的一个郊区,位于卡玛格,城镇之间用船桥相连。

那白马发疯似的，想要把缰绳挣断。

"怎么了，布兰可？"欧瑞阿斯声音颤抖地问，

"难道那些死者把你吓坏了？"
哗啦哗啦的河水，已经漫过船舷。

"船要沉啦！可我不会游泳啊！"欧瑞阿斯害怕极了。
船伙计说："我也没有办法。我们只能弃船而逃了。
不过，那岸上的死者会为我们抛下一根绳索，
就是你怕得要命的那些冤魂。"

他的话音刚落，船就沉了。
远处隐隐约约的烛火，
被那些可怜的亡魂高举着，
越过漆黑的河面，
交织成明亮的光线。
三个船伙计抓住那烛光的绳索攀缘而去。

哪有什么船伙计，
那三个人分明是水妖。
欧瑞阿斯在滚滚激流里挣扎着，
也想抓住那救命的绳索，
却只是白白浪费力气。
啊，圣美达之夜，所有水妖在跳舞。

第六章　女巫

东方现出了苍白的晨曦，
芬芳的大地沉默着，
像是等候爱人的到来。
克劳平原上走过三个养猪的人，
他们刚刚去集市上卖猪回来，
肩上的褡裢里装满了沉甸甸的金块。

他们一边走，一边愉快地聊天儿，
不知不觉走到前夜文森和欧瑞阿斯决斗的地方。
忽然，其中一个人喊道：
"伙计们，你们听见没有，灌木丛里有人呻吟。"
另一个说："别咋咋呼呼的。那不过是圣马丁的钟声，
也可能是橡树叶子的声音。"

话音刚落，灌木丛中又响起了一声呻吟。

他们在胸前画着十字，蹑手蹑脚地朝那声音走过去。

啊，多么可怕的景象，

文森仰面躺在一片血泊中，

胸前不知被谁刺了一个大洞。

凌乱的柳条散落了一地。

三个好心人一商量，救人要紧。

于是他们用袍子做成一副担架，

七手八脚地把奄奄一息的文森抬起来。

他们抬着他，朝朴树庄走去。

终于看到人家了，他们停下来，

在门外大喊："有人受伤了，请问能否帮忙包扎？"

那户人家住的不是别人，正是拉蒙老爹。

拉蒙老爹开了门，一眼认出了小篾匠，

赶紧和众人把他抬到石桌上。

同时，他派人给米赫尔报了信。

米赫尔正在果园里摘果子，

听到消息，飞一般跑到文森身边。

米赫尔看到受伤的爱人，
眼泪扑簌簌掉了下来。
她扳起文森的头，哭道：
"文森，你这是怎么了？是谁把你伤成这样？"
拉蒙老爹递过一壶樱桃酒，说：
"我想，他现在需要这个。"

米赫尔端着杯子，一滴一滴给他饮，
同时不断用温柔的话语呼唤他。
文森感觉到这来自爱人的甜蜜看护，
竟慢慢有了神志。
他不愿让米赫尔知道，自己打架负伤，
正是为了这心爱的姑娘。

文森用虚弱的声音说：
"傻丫头，看你哭成了泪人儿！
没事，我就是劈柳条时没注意，
刀子戳中了自己的胸口。
我这点儿伤痛不算什么，
更加令我心痛的是你悲伤的面容。

只是，我答应给你编的小提篮现在编不成了，
你提着它一定很漂亮。
还有一件事请你一定答应我，
千万不要把我受伤的事情告诉我父亲。
他岁数大了，实在经不起这样的打击。"
米赫尔含泪点点头，为他清洗着伤口。

拉蒙老爹家的伙计们也没闲着，
他们有的拿来布条，有的跑上山找草药。
忽然，米赫尔的母亲叫道：
"快把这可怜的孩子抬到人称地狱谷的仙窟去。
那仙窟里的老巫婆有起死回生之术，
无论多么要命的伤，她都能治。"

四个彪形大汉抬着文森，爬上了波城的山巅。
一条幽暗的小路通往地狱谷。
他们把文森放在了入口的竖井边，转身就走。
除了米赫尔，没有一个人敢陪他下去。
那勇敢的少女走在昏暗的小路上，
心里默默为爱人祈祷。

小路的尽头是一间阴冷潮湿的石室，
泰温婆婆正蜷着身子，
端坐在石室中央，表情是那样悲伤。
泰温婆婆拿着一穗燕麦喃喃自语：
"可怜的小东西，你本是上帝行善的印记，
却被诬蔑为魔鬼播种的麦子！"

米赫尔鼓起勇气，表明了来访的理由。
"我一早就知道你们会来。"那老巫婆好像漠不关心，
仍然低头对着燕麦絮絮叨叨，
"可怜的小东西，羊群将你的茎叶啃咬，
你却努力长得更高更壮，
用绿色的身躯装点辽阔的原野。"

说完，老巫婆突然停了下来，用醉醺醺的口气说：
"你们的事情与我何干？
瓦拉布雷格的小篓匠，你心中可有信仰？"
文森使劲点点头。
老太婆突然像一头母狼，
携着这少男与少女急匆匆钻入一条甬道。

前头有白鸡在啼叫，有乌鸦在怪笑，

那少男少女一路心惊胆战。

老巫婆大喊："快呀，快去把那曼陀罗花儿采摘！"

那双恋人倒也听话，

顺从地爬过阴森森的黑暗，

来到一间比先前更宽敞的石室。

"看哪，这就是诺斯达玛斯种的曼陀罗，

它金灿灿的枝丫，

曾经做过约瑟牧羊的杆和摩西手上的杖！"

泰温婆婆跪在地上，

将她的念珠挂在一小丛枝叶中间，

从那株植物上摘下三朵花枝。

她起身说："来，我们把这曼陀罗花戴起来。"

说完，自己先戴了一枝，

把另外两枝分给身后的少男少女。

这时，奇怪的事情发生了。

不知从哪儿冒出很多萤火虫，

照亮了他们脚下的道路。

泰温婆婆转身对一双璧人说：
"孩子们，拿出你们的勇气来，
我们不得不穿过这黑暗的恐惧。
要知道，一切光明的征途，都要经历罪恶的考验！"
说话间，迎面吹来一股妖风。
"快躺下！"老婆婆吩咐道。

说时迟那时快，妖风从他们身上吹过，
那阴森的寒气让他们出了一身冷汗。
泰温婆婆咒骂道："滚开，你们这些无赖！"
说着，他们沿着洞穴向下前进，
耳畔传来一个细声细气的声音，
像金翅鸟在啁啾：

"从前有个傻婆婆，天天从早忙到晚，
又是绕线又纺纱，一遍又一遍，
她纺呀纺，总以为自己纺的是羊毛，
却不知道那只是一团枯草，啊哈，啊哈！"
随后传来一阵嘲弄的哄笑，
像是一匹小马驹在嘶叫。

米赫尔问道："是谁在那里把我们嘲弄？"
那细嫩的声音变得更加尖利了，说：
"啊哈，啊哈！漂亮的小妞，你是谁呀？
掀开你的头巾，让我们看看，
里面究竟是栗子，还是石榴？"
米赫尔又羞又气，差点儿就要哭出来啦。

泰温婆婆安慰她说："别理他。
这个精灵不过是在和你开玩笑，
他的名字叫白日梦。
脾气顺的时候，他什么都愿意做，
帮人家刷锅扫灶啊，
看管炉火啊，翻翻烤肉啊，捡个鸡蛋啊……

"但是他淘气的时候，却实在不乖！
他会偷偷使坏，在你的汤里放上很多咸盐；
他会故意捣乱，在你爬上床之前突然把灯吹灭；
再或者，你正准备去教堂参加晚祷，
他却把你的礼服藏起来，
要不然就干脆把它弄得脏兮兮皱巴巴。"

那小鬼也不掩饰，说："听听，这老婆婆说的比唱的还
好听！
说了一大堆，就像盖上油的织布机，吵死人了！
对，干瘪的老橄榄果，你说得没错。
我就是这样！我呀，最喜欢趁姑娘家熟睡时，
突然掀开她们的香衾，
看她们在睡梦中惊醒，看她们可爱的胸脯颤抖！"

他说完，哧哧地笑了好一会儿才离开，
洞穴里又恢复了宁静。
三个人沿着黑漆漆的洞穴继续向前走着，
突然从头顶掉下很多水珠，
一颗颗砸在结着晶石的地上，
发出叮叮咚咚的声响。

紧接着，昏暗的洞穴中出现一个高大的白色身影，
他坐在岩架上，把一只手臂伸得老长。
他面目狰狞的样子，把文森吓得呆若木鸡。
米赫尔小脸煞白，她下意识地想要逃跑，
两条腿却像灌了铅一样动弹不得。
要是能跑，就算前面是万丈悬崖，她都敢跳下去。

"老稻草人，你装神弄鬼的，干什么？"
泰温婆婆镇定地说，"你看你，耷拉着脑袋，
摇摇晃晃的，活像一棵滑稽的白杨树。"
她转身告诉那对受了惊吓的恋人，说：
"孩子们，别怕！她就是传说中的白发浣衣婆。
她时常在旺图山上站着，老被凡人误当成白云。

"她也是个喜欢捣蛋的精灵，
会些呼风唤雨的妖术，臭名远扬。
有时，明明前一秒钟还晴空万里，
后一秒钟就电闪雷鸣、风雨大作，
那就是她在搞破坏了，
直到雨水灌满她的洗衣桶，她才肯罢休。

"牧羊人一看见她的影子，立刻把羊群聚拢。
牛倌儿听见她的名字，赶紧把牲口轰进圈里。
最倒霉的是在汪洋大海上航行的水手，
他们无处可藏无处可躲，
只能向圣母求助，求她把船儿搭救。"
一语未了，泰温婆婆的声音淹没在一片嘈杂声中。

听起来像拉动门闩的声音，
转而又像是有人在呜咽，
还像猫儿在撕心裂肺地叫唤，
总之，说不清道不明。
间或夹杂着含混不清的异族语言，
个中意思大概只有魔鬼才能听懂。

那聒噪声就这么在洞穴中回荡，
像是什么人把巫婆的大锅搐得咚咚作响。
这凄厉的奸笑，这女人般的恸哭，
谁能告诉我，它们来自何处？
泰温婆婆在这吵闹中喊道：
"把你们的手伸过来，我会将你们抓牢。

"看好你们头上的花冠，它会保护你们。"
米赫尔和文森顺从地把手伸了出去。
接着，便有一群来路不明的怪物冒出来，
它们在他们脚下拱着，
有的喘着粗气，有的打着咕噜，有的喷着响鼻，
那情形像是一群贪吃的猪猡抢食吃。

你是否记得捕鸟人是如何捕鸟的？
隆冬的星夜里，雪后，正是捕鸟的好时候。
捕鸟人举着火把，拼命敲打着河畔的灌木丛和树林。
那夜宿的飞禽惊得匆忙逃命，
像铁匠铺子里的风箱一样喘着粗气，
结果却一头撞进捕鸟人早已布置好的天罗地网中。

此时，泰温婆婆用的也是这种方法。
她先用罗圈画出了一个个红亮的圆环，
还有其他别的什么形状，
然后放声高喊："给我滚！你们这些下贱坯子，
还不赶紧滚回你们的巢穴！
我不管你是田野里的害虫，还是魔鬼的走狗，

"马上从我眼前消失，否则我便要让你们好过！
眼下日头正旺，你们这些见不得光的蝙蝠，
小心太阳把你们晒得皮开肉绽。
赶紧滚回去，老老实实地大头朝下挂在石棱上！"
这招儿很管用，它们果然消失了，
一切叫嚣声也随之消失了。

泰温婆婆向两个孩子解释道：
"这些家伙都是在黑夜中游荡的恶鸟！
它们习惯昼伏夜出，日出而息，日落而作。
当太阳普照人间时，它们就识趣地躲在洞里。
等到了夜里，油灯在空无一人的教堂里自动点亮，
稳稳当当地飘浮在半空。

"钟声也自动敲响了。
随后，路上的石板一块块自动裂开，
从地下哆哆嗦嗦地钻出一具具白骨。
它们挣扎着，像人一样跪在地上听着弥撒，
和虔诚的教徒参加圣餐会没两样。
那主持圣餐会的神父，脸色和它们一样苍白。

"你们可能要问，这是怎么回事？
那圣餐会上，除了给大家分酒的神父，
是不是都是白骨？
这些问题问猫头鹰就好了，
它们喜欢钻进钟塔，偷喝里面的灯油。
那些白骨都跟它们脱不了干系。

"二月的最后三天和三月的最后三天，

女人们要处处小心，

无论如何都不要坐在椅子上打盹儿。

放牧的人也要当心，一定要早点儿圈羊关门。

否则就中了猫头鹰的诅咒。

它会让你的双腿僵硬麻木，长达七年。

"在乍暖还寒的时节里，

仙窟也会把所有怪物放出去。

长着翅膀的，四条腿的，遍布克劳平原。

巫师们也倾巢而出，开始狂欢。

他们跳着一种叫法兰多罗的舞蹈，举杯欢庆。

那金子做的酒杯里装的不是酒，而是恶魔的毒药。

"主啊，矮橡树也跳起来。它们跑得飞快！

格拉姆德①在等待格里皮特②。

啊呀，残忍的魔王！

啊呀，抓住那腐烂的尸体，把她的五脏六腑掏出来！

眼下，它们走了，哦不，它们又来啦！

---

①格拉姆德，是当地神话中很淘气的一类小妖精。

②格里皮特，是当地神话中一种为人间带来流行感冒的一类妖精。

啊呀，真糟糕！那妖怪溜进了菜园子。

"她动作鬼鬼祟祟的，像个小偷一样。
啊呀，原来那正是专门偷小孩的巴巴罗切！
她把长长的魔爪伸向无辜的孩子，
任凭那些孩子哭得撕心裂肺。
孩子们哭得越凶，她越得意。
她一高兴，头上的尖角就会上下晃动。

"啊呀，又来了一个妖怪！
他喜欢在人们睡觉时出没，悄悄塞给人们一个噩梦。
此时，他从烟囱钻出来，
蹑手蹑脚地爬上睡眠者的胸脯。
别看他看起来身轻如燕，却有一座高大的塔楼那么重。
那分量足以压得人们从噩梦中惊醒。

"迷雾从烂泥塘弥漫开去，
那生锈的铰链，破烂的门，在一起叫唤，
啊呀，那咆哮声多么吓人！
天哪，原来是坏天气的伙计们在胡闹！
他们骑着寒风，开始近乎极端的示威，

他们跳上人家的屋顶，策马狂飙！

"啊呀，月亮，你为何苦着脸？
你看你，一张大脸涨得通红，
惨兮兮地挂在波城的夜空。
月亮啊，是谁让你愁容满面？
哦，原来那狂吠的狗儿把你当成了点心，
指使它的主人正是那污秽的恶神。

"啊呀，那高大的栎树把腰高高弓起，
活像一棵弯弯曲曲的蕨菜。
看哪，跳跃的圣艾莫之火①在熊熊燃烧！
一阵马蹄声从铺着岩石的地面传来，
中间还夹杂着清脆的铃铛声，
那是卡斯蒂隆爵爷在克劳平原上狩猎驰骋。"

泰温婆婆声音沙哑，喘着粗气，
她正想休息一会儿，却又突然大喊：
"快捂上耳朵和眼睛，

_____
①圣艾莫之火，是一种大气发光的自然现象。雷雨天气时，它经常出现在桅杆顶
端，是一种如蓝色火焰般的光。这种光不具有高温，也不会引起火灾，人们将它
视作好运的征兆。由于水手们把圣艾莫尊为守护神，就称它为"圣艾莫之火"。

小心那只咩咩叫的黑色羔羊！"

"那只咩咩叫的羔羊？"文森想问个明白，
却被泰温婆婆打断了。

泰温婆婆说："小心，快把你们的耳朵和眼睛捂上！
这黑羊角中的迷途比萨布科①的小路还要险恶。
它娇娇柔柔地发出咩咩的叫声，
那声音多么轻柔多么温顺，
以致那些虔诚的基督徒们听了都会忍不住分神，
谁又能想到他们因此会掉入万劫不复的深渊。

"那黑山羊最能乱人心志。
它将犹大的金子，西律的王冠，
还有从前撒拉逊人拴金山羊的地方，
——指给人们观望。
人们心满意足地喝着它的羊奶，
却已是离死神不远了。

"死亡降临的时候，他们请求的最后一份圣礼，
得到的居然是黑色的羔羊用羊角将他们撞死。"

①萨布科，艾克斯以东的一片山区。

泰温婆婆停顿了一下，接着讲道：

"这是一个最坏的时代！

黑山羊的诱饵钓起多少贪婪的灵魂，

他们争相向金子烧香叩头，却落得那样凄惨的下场！"

雄鸡一唱天下白，

可怕的领路人把文森和米赫尔带到了第十三个石洞，

看样子这里已是尽头。

你瞧，一架粗壮的烟囱直通土灶，

灶里吐着熊熊火舌，

七八只黑色的公猫正围着烤火。

一口巨大无比的铁锅，

架在黑猫们头顶的钩子上。

两条弯弯曲曲的木柴如恶龙一般盘踞在锅下，

吐着蓝幽幽的火舌。

文森问："婆婆，您就是这样煮汤的？"

"孩子，这是野葡萄枝，

"没有别的木柴比它更适合烧火用了。"

文森说："随便您叫它葡萄枝还是什么别的树枝，

我可不敢胡闹。好婆婆，快带我们离开这里！"
他们看见一个红斑岩做的石桌，
站在这座石室中间，又大又圆。
从这石桌下面，又分散出无数条神奇的走廊。

它们由一簇簇亮晶晶的支柱支撑着，
像是房檐下的冰锥。
这就是传说中仙子们建的宝库，
它泛着朦胧的光辉，亘古不亡。
雄伟的柱廊数不胜数，
装点着每一座庙宇和殿堂。

迷宫和柱石更是多得数也数不清，
即便是全盛时期的古巴比伦和古希腊的科林斯，
都没有过这样辉煌的景象。
但仙子们只需轻轻吹一口气，
这唯美的宫殿便会以摧枯拉朽之势，
迅速瓦解，最终一切灰飞烟灭。

仙子们和她们的骑士，也就是早先的恋人，
在这寂静的禅院中游玩，

他们像忽明忽暗的光线，在小径上走动。
仙子们用魔法守卫着这里的和平。
泰温婆婆似乎早有准备，
她把双手高高举起，又轻轻放下。

文森躺在那红斑岩石桌上，
发出阵阵痛苦的呻吟，好像呜咽的圣劳伦斯湾。
泰温婆婆的身上突然冒出了一股神奇的力量，
她好像长高了一般。
她抬起两条手臂，手里握着一把长长的木勺，
用力去搅拌那口大锅。

搅啊搅，搅啊搅，
锅里的汤药沸腾了，溢了出来。
这时，那些黑猫都凑了过来，围在她脚下。
泰温婆婆神色庄重，她举起左手，
把那神奇的汤药一点点滴在文森胸口。
奇迹发生了——

在她的注视下，在她温柔的目光里，
文森的疼痛在一点点消失。

泰温婆婆口中念念有词，

"基督生儿死去，却站起又站起。"

最后，她学着母老虎扑倒猎物的样子，

用脚趾对着文森颤抖的身体，

一连画了三个十字。

此时她嘴里的话，开始变得含糊不清，

她在祈求未来把那昏暗的门窗打开。

她说，"是的，他一定会重新站起来的！

我看见了，他就站在不远处的山石和蓟草中间，

鲜血顺着他的脸流下来。

"虽然背上的十字架压弯了他的身子，

但他依旧在碎石和荆棘间大踏步前进。

那为他擦掉血迹的维罗妮卡[①]，如今在哪里？

那扶他起来的昔兰尼[②]汉子，如今在哪里？

那蓬头垢面为他哀哭的玛利亚们，在哪里？

他们都消失得无影无踪。

---

①维罗妮卡，一位少女，传说在耶稣受难时，她曾用头巾为耶稣擦拭鲜血。
②昔兰尼，利比亚的一座古城。

"只剩一群人注视着他前行，

他们中间有穷人，也有富人。

其中有个人开口说：

'那个背着木头上山的人是谁？他居然能一口气走上来！'

啊，那是人类之子。

他为了你，背上沉重的十字架，你却当没看见。

"啊，犹太百姓，你们太残忍了！

曾经帮助过你们的援手，你们去咬噬；

曾经伤害过你们的毒手，你们反倒去跪舔。

所以，这都是你们咎由自取。

从前的珍宝要像尘土一样灰飞烟灭，

往昔上好的豆子和饱满的麦穗儿，吃到嘴边立马会变成炉灰。

"饥荒要常伴你们左右。我就是灾祸！

数以万计的死尸将让河水泛起红色的泡沫，

战事连绵，短兵相见。

你这狂暴的风浪，你这怒吼的海洋，住手吧！

西门彼得①的渔船还在吗？

别说傻话了，它早就触礁沉没了。

①西门彼得，耶稣十二门徒之一。传说，他年轻时靠打鱼为生，后来得到耶稣召唤，从此传道行善。留下了"得人如得鱼"的典故。

"然而，那能力超凡的耶稣正来拯救它。

他喝退了桀骜不驯的浪头。

一艘崭新的船开进了罗讷河，

上帝的十字架立在船头，

上帝的慈爱普照人间。

我们眼前是一片崭新的天地！

"摘橄榄的人们，在这些晶莹剔透的果子间尽情舞蹈吧！

拾麦穗儿的亲人们，在你们收割的土地上痛饮吧！

耶稣的神殿里，有多少神迹，"

泰温婆婆不禁感慨道，"留给后人去瞻仰膜拜。"

说完，她伸出手来，

给两个孩子指路，让他们离开。

远处划过一道亮光，隐约可见。

米赫尔和文森循着那亮光，

一路飞奔，到了柯尔多瓦石洞①总算重见天日。

他们望着马朱山上破旧的修道院，恍如隔世。

在走进阳光里的一刹那，

他们不约而同地停下脚步，紧紧地拥吻在一起。

①柯尔多瓦石洞，又叫柯多石洞，位于阿尔东部，撒拉逊人曾在这里扎营。民间流传着很多该地的趣闻，传说这里经常有仙女们出没，还有金蛇和金山羊。

第七章　老人

文森望着安老爹，眼睛里闪过一丝不安。
他向安老爹诉说着心事，
言语间尽是难以名状的惆怅。
"父亲啊，我一定是疯了，
絮絮叨叨说了这么多。
您是不是觉得我在开玩笑？"

此时，安老爹正坐在罗讷河边的小木屋前，
那房子就像个干瘪的花生壳一般。
他坐在一棵倒伏的树干上，手里忙活着。
他麻利地剥着枝条，剥好后就递给文森。
文森的两只手又强壮又灵巧，
拧着白色的枝条，眼看就要编好一只提篮。

狂风肆虐，无情地扫过罗讷河，
白花花的河水像羊群一样涌向大海。
在这小木屋的四周，
一潭池水却波澜不惊。
浪花不曾撼动它，柳树悄然环抱着它，
四周安静得只剩河狸啃噬树皮的声音。

远处水流湍急之处，一只深棕色的水獭，
正在追逐银光闪闪的鱼儿。
一个个小巧的摇篮挂在柳树和芦苇丛间，
那是鸟儿们的爱巢。
这些雪白的可爱的小窝，都是用杨絮编织而成，
每到白杨开花的时节，鸟儿们就开始筑巢了。

这些小家伙有的在空中翻飞，
有的站在芦苇上，随风而动，荡着秋千。
无花果树下有一个金发妙龄少女，
她娇小的面庞透着少女的清甜，一如甜蜜的王冠蛋糕。
她走过来走过去，要把一张湿漉漉的渔网
晾晒在无花果树上。

这位姑娘心地善良，罗讷河边的动物、植物都喜欢她。
无论是窃窃私语的芦苇，还是岸边的柳树，
抑或天上的飞鸟，水里的河狸和水獭，都是她的好朋友。
她就是老篾匠的女儿，她有个可爱的名字叫文森妮特。
这个年轻漂亮的女孩子，还没有打耳洞，
她有一双湛蓝的眼睛，就像圆圆的李子一般。

她的胸脯还没发育好，仿佛是含苞待放的花骨朵儿，
散发着小荷才露尖尖角的青春气息。
终于，安老爹从活计里抬起头来，
雪白的胡须垂在胸前。他说：
"我的孩子，你怎么啦？
要让我说，你就是一个地地道道的小傻瓜！"

文森反驳道："您说的这是什么话！打个比方说吧，
驴子能误入歧途，还不是因为前方的青草太香甜？
您是知道那位姑娘的，她那么美丽那么优秀，
全阿尔的姑娘都望尘莫及。
她满怀热忱地对我说'我爱你'，
搁您说，我该如何回应？"

安老爹说："我的傻孩子，你要回应什么？

如果是我，我会说：'贫富贵贱自有裁断！'"

文森央求父亲说："父亲啊！我求您去朴树庄走一趟，

把我和米赫尔的故事讲一讲。

请您告诉他们，美德比金银珠宝更重要。

请您告诉他们，我多么上进勤劳。

"我会给葡萄藤修剪枝叶，

犁地耙地那些庄稼活儿更不在话下。

请您告诉他们，我能让庄上的六张铧犁有双倍的收成！

请您告诉他们，我会好好孝敬对方的老人！

请您告诉他们，如果为了金钱拆散我们，

我就和米赫尔一起殉情……"

"够了，不要再讲了！小小年纪就会胡说八道！"

安老爹打断文森说，"你那套把戏，我都知道。

你这纯粹是'白母鸡下黑蛋——世间罕有'，

也叫'癞蛤蟆想吃天鹅肉——痴心妄想'！

天鹅决不会屈尊落在你手上，

决不会，因为你是一个穷光蛋！"

"见鬼的贫穷！"文森扯着头发喊道，
"既然上帝不让我们过体面的生活，
叫我们每天在贫穷里挣扎，
那他的正义和公平又在哪里？
难道说，我们活该受一辈子穷，
眼睁睁看人家吃香喝辣？"

安老爹挥一挥手，严厉地教训他说：
"好好编你的篮子是正经，
把你这些蠢念头统统收起来！
庄稼长不好，难道全赖种地的人？
那些愚蠢的虫子，难道要向上帝抱怨：
'为什么没让我投胎成为一颗明星？'

"再或者，牛儿难道要和牛倌儿竞争：
'你得把我的草料换成稻谷才行？'
不，无论这辈子好与歹，我们都要有自己的活法。
五个手指伸出来还不一样齐呢，何况是人？
就算上帝让你投胎成一条蜥蜴，
你也要心存感激，在墙洞里好生过活！"

文森说："父亲啊，听我说，我爱米赫尔，
超越爱我的妹妹和上帝。
我发誓，我要是不能和她在一起，活着还有什么意思！"
说完，他便向波涛滚滚的大河跑去。
过了一会儿，小文森妮特丢下渔网，
哭着走到老篾匠面前。

她说："父亲啊，在我哥哥失去理智之前，
请听我说一句公道话。
我早先的东家有个女孩，
不小心爱上了一个打工的穷小子。
他们的情况，跟我哥哥与米赫尔一模一样。
女孩叫爱丽丝，她的恋人叫席维斯特。

"在爱情的滋润下，席维斯特精神焕发，
好像浑身有使不完的劲儿。
他干活儿又快又好，为人谦卑勤俭。
自从有他打点上下，东家省了不少心，整日高枕无忧。
他一发不可收拾地爱上了爱丽丝。
怎料隔墙有耳，有一天他们的地下情被东家太太抓住了。

"就在当天晚上，伙计们坐下来吃饭的时候，
东家好好羞辱了席维斯特一番。
东家瞪着血红的眼睛叫唤着：'臭瘪三，痴心妄想！
拿上你的工钱，马上从我眼前消失！'
伙计们面面相觑，不知道说什么好。
席维斯特羞愧难当，拂袖而去。

"大约过了一个月，每当我们干活儿时，
总会看到有个人在村外徘徊。
那人衣衫破烂不堪，面色苍白如纸，
浑身上下透着落魄与沧桑，
没错，那人正是失恋的席维斯特，
好好的一个小伙子，从前的英气全无。

"每到夜深人静时，他都会隔着无情的篱笆墙，
一遍又一遍呼唤爱丽丝小姐的名字。
此后，糟糕的事情一件接一件。
先是有人蓄意放火，烧了东家的柴草垛；
再后来水井里捞上来一具死尸，
听说是个男的，泡得全身浮肿。"

安老爹越听越生气，自言自语：
"唉，这哪儿是生儿育女，分明是养了个冤家！
操劳一生，到头来却惹了个大麻烦。"
说完，他打起亲手做的绑腿，
戴上长红帽，蹬上钉皮靴，
全身装扮一新，径直向克劳走去。

这是圣约翰节前夕，正是庄稼收割的日子，
路上尽是行色匆匆的山民，
他们是麦客，从一块麦田赶去下一块麦田。
他们身上落满尘土，脸被晒得黝黑，
粗糙的肩膀上背着一个无花果木做的匣子，
那里面装着他们割麦子的家伙——锋利的镰刀。

割麦讲究小团队合作，通常两个麦客在前面割，
后面一个麦客专门打捆。
除了麦客们，路上还有数不清的大车，
系着丝线的风笛和铃鼓边坐着几个老人，
他们好像刚刚结束一场战斗，
脸上写满了疲惫。

他们走过一望无际的黑麦田，
富有民间风情的乐声掀起麦浪滚滚。
一个年轻的麦客自言自语："多么俊俏的庄稼！
多么沉甸甸的麦穗！这是我最喜欢的麦子！
您看见没有，它们一会儿在风中笑弯了腰，
一会儿又站得笔直！"

安老爹上前搭腔说："这些都是黑麦，
红麦还得过些天成熟。
但要是风老这么刮，
我们的镰刀怕是得跟风赛跑了。
圣诞夜里，那像三颗明星一般的烛火，
早早预示我们准能获得大丰收！"

麦客听了，笑得合不拢嘴，说："老人家，
借您吉言，愿您的谷仓也盆满钵溢！"
安老爹和这些麦客们拉着家常，
结伴而行，他们的目的地都是朴树庄。
无巧不成书，这会儿老拉蒙也在麦田里。
他踱着步子，在黄澄澄的麦田里，从南走到北。

一阵风吹过，麦浪滚滚，好似在向他诉着衷肠。

一些金黄的麦穗儿向他倾诉：

"老东家，快来救救我们！

您看北风多坏，它不光挥霍我们的种子，

还把我们的麦穗儿无情吹落。"

另一些麦穗儿喊着："拉蒙老爹，快戴上您的手套！

蚂蚁强盗们太多了，它们快要把我们的麦粒儿搬光啦！"

拉蒙老爹自言自语："怎么还不见那背着镰刀的麦客？"

他一边寻思着，一边向树荫里望去，

远远地看见了麦客们的身影。

麦客们走近了，纷纷向他致敬，

锋利的镰刀被阳光映得明晃晃。

"欢迎，欢迎啊！"拉蒙老爹扯着嗓子说，

"我盼星星盼月亮，可把你们盼来啦！"

不一会儿，那些麦客们把拉蒙老爹围得水泄不通，

你一言我一语地寒暄着，

"老东家，又见面了，握个手吧！"

"今年肯定大丰收，您的打谷场够大吧？"

拉蒙老爹笑着说："现在说这话为时尚早。
等麦粒进了谷仓，自会见分晓。
按往年的情形估摸，
一亩地最多八十打蒲式耳，有的薄田只收一打！
不管丰与歉，我都认啦！"
说完，他跟大伙儿分别握了手。

接着，老东家和安老爹也寒暄了一会儿。
还没进家门，他隔着老远喊道：
"米赫尔，看看谁来啦！
我的好闺女，快快招待客人！
端些上好的葡萄酒来，还有那菊苣根泡的茶！"
那少女听了，便开始张罗起来。

拉蒙老爹在石桌首位坐定，
其他人也按次序坐下，享受美食美酒。
就着浇了橄榄油的羊须草沙拉，
汉子们用坚固的牙齿，
大口大口撕咬着硬面包。
晚餐很丰盛，狭长的石桌就像燕麦叶子一般。

乳酪散发着诱人的芳香，
圆葱头和辛辣的大蒜不断刺激着人的味蕾，
香煎茄子和红辣椒最是下饭。
拉蒙老爹拿出了东道主的诚意，
他提着大酒壶走来走去，
看到谁的杯子空了就赶紧斟满。

他招呼道："伙计们，干杯！俗话说，要想镰刀快，
最好的办法是让它在磨刀石上喝个痛快①！"
那些麦客也举起酒杯，嘴里同样说着祝福的话。
清澈的美酒飘溢着果香，
喝一杯酒香四溢，呷一口绵柔悠长。

"好刀要磨双面，好汉要干两杯！"
老拉蒙喊道，"大伙敞开了肚皮尽管吃，
自个儿家千万别客气啊，最重要的是把精神养好！
咱们还是按以前的老规矩来，
等一会儿，每人去林子里砍上一大捆柴火，
堆在院子里，点上熊熊篝火！

———————————

①最好的办法是让它在磨刀石上喝个痛快，一语双关，表面在说镰刀，意在劝酒。

尽情地唱吧跳吧，今晚注定是个不眠之夜！

"今天是一年中最好的日子，
那上帝的朋友，那伟大麦客圣约翰的佳节！"
以上是老拉蒙在开工前的演说。
他知道如何种庄稼，更知道如何笼络人心。
他知道如何用额头的汗水浇灌那黑色的土地，
好让它结出金黄饱满的谷物。

老拉蒙是这片大地的主人，
那神情不逊于一个经营天下的君主。
他的腰板已不再挺拔，早早被生活压弯了。
然而，当他看到场院上堆满了麦子，
便对自己的身份心满意足。
想到这儿，他马上容光焕发，
不觉挺了挺胸膛，任由伙计们将自己膜拜。

但他也十分清楚月对庄稼的影响，
她何时会平易近人，何时会怒发冲冠，
何时会滋养万物，何时会抑制它们生长。
他还能通过月亮的阴晴圆缺推测到天气的变化，

比如看她的光晕大小，颜色是苍白还是火红，
这些都暗示着天气的变化。

候鸟迁徙，三月突发倒春寒，
面包长霉菌，八月臭雾弥漫，圣克拉拉节的清晨。
彩色的幻日[①]奇观，连续数月的阴沉多雨，
何时干旱何时霜冻，一切都在他的预料之中。
在风调雨顺的好年景里，
他的犁耙上曾同时套着六头牲口。

那景象是多么美妙，
肥沃的泥土在沉默的犁头前劈开，
懒洋洋地享受着太阳的光芒。
那些骡子是朴树庄最得力的耕作伙伴，
它们知道该在什么时候瞪起眼来拉犁，
知道小心地避让那些崭新的田垄。

它们无比热爱这份工作，
对其中的意义甚是明了。

①幻日，大气中的一种光学现象。用专业望远镜可以看到，天空中的半透明薄
云里面，飘浮着许多六角形柱状的冰晶体，偶尔它们会整整齐齐地垂直排列在空
中。当太阳光射在这一根根六角形冰柱上，就会发生非常规律的折射现象。

它们把头埋得深深的，仿佛低到泥土里，
弓着脖子向前，走得不紧不慢。
那扶犁的汉子跟在后面，
用一只手扶住犁耙。

他们嘴里唱着轻松的劳动小调，
两只眼睛盯着他的牲口，丝毫不敢懈怠。
如此年年岁岁，这片领地在老拉蒙的经营下，
样样繁荣，事事兴旺。
他俨然是这里的国王，
深爱着这里的每一寸土地。

老拉蒙很享受这样的感觉，
他抬起头来，在胸口画着十字，感谢上帝的眷顾。
伙计们都被打发出去拾柴了，
有人负责捡引火用的干草，有人负责砍松枝。
刚才热闹的石桌旁，现在只剩下两位老人，
安老爹率先打破沉默，表明了此行的用意。

他清了清嗓子，说："拉蒙，我来这里是想讨些见教，
我想你肯定能帮我解决这大麻烦。

我自己完全六神无主。
老东家，您知道，我有个儿子，
他生性乖巧，做事仔细，
简直让人挑不出什么毛病来；

"但是，正所谓瑕不掩瑜，
温柔的羊羔也有调皮捣蛋的时候，
越是平静的水塘，底下说不定越是暗流涌动。
我家那穷小子，说出来您肯定不信，
他居然爱上了一个富家千金，
认定了她就是他一生所爱，发誓非她不娶！

"是的，这就是他的原话，爱情让他失了心志。
从父亲的角度来说，他恋爱或失恋都让人担心。
我警告他这样的恋爱是愚蠢的，
我猜您肯定也这么想的。
我告诉他，在这个阶层固化日益严重的世界，
富人只会越来越有钱，穷人只会越来越穷。

"但这话对他来说，一点儿用都没有！
他哭喊着：'父亲，求您了，您去向她的父母提亲，

告诉他们，美德比金银珠宝更重要。
告诉他们，我多么上进勤劳。
我会给葡萄藤修剪枝叶，
犁地耙地那些庄稼活儿更不在话下。

"'告诉他们，我能让庄上的六张犁铧有双倍的收成！
告诉他们，我会好好孝敬对方的老人！
告诉他们，如果为了金钱拆散我们，
我就和她一起殉情……'
拉蒙东家，犬子的原话就是这样。
您说，我是应该穿起破衣去拜访那少女，
还是独自看着我的孩子绝望死去？"

老拉蒙哈哈大笑，开导他说：
"你有没有听说过，风太大就不要撑帆？
我敢打包票，他们两个绝对不会有生命危险。
听我说，老伙计！我要是你，
决不会为这件事烦恼心伤。

"既然他爱得疯狂，我会直接告诉他：
'我的孩子，你清醒点儿！

你若再如此执迷不悟，
我就要拿棒槌把你揍醒！'
老安，驴子吵着要食吃，
咱们可不能由着它，先得抡起手上的棒子。

"勇敢彪悍、雷厉风行才是咱们普罗旺斯的传统，
咱们应该像暴风雨中的悬铃木一般不为所动，
哪怕它们中间发生内讧火拼。
但我们知道，在圣诞节前夕，
在那星空点缀的帐篷里，
所有子孙都会围着老祖宗坐定。

"老祖宗会举起干枯颤抖的手，
为在座的后人们祈福祷愿，
一切纷争与不和都会尽释前嫌。
再有，子女对于父亲，就应当唯命是从。
牧人要是被无知的羊群牵着鼻子走，
迟早会撞上狼群，或是什么别的厄运。

"咱们那一辈，哪个亲生儿子，
敢和老子分庭抗礼？"

米赫尔一直在偷听两个老人的谈话，
这会儿她控制不住了，突然说：
"父亲啊，您要是这么说，干脆把我杀了算了！
现在我明明白白地告诉您，

"我就是被文森绝望地爱着的那个姑娘！
天地为鉴，我情愿把自己的灵魂交给他！"
米赫尔的誓言，打破了死一样的宁静。
拉蒙老爹的妻子吉玛，也忍不住爆发了。
她举起原来交叉在胸前的双手，厉声说：
"孩子，你说出这样的话，真是丢人！

"你对爱情的态度，让我们如鲠在喉。
你用偏见赶走了阿拉里，那个拥有一千只羊的牧人；
你的傲慢惹恼了维伦，让那牧马人白白走掉；
还有那家财万贯的欧瑞阿斯，
你竟然当他是野狗，当他是流氓败类！
那好呀，你就跟着你的叫花子流浪去吧！

"你就跟着那些疯婆娘和浪子们鬼混去吧！
迟早，你会像那些流浪的巫婆一样，

随便在哪儿支个灶，就煮汤做饭了。
滚吧，吉卜赛女郎，你自由了！"
拉蒙老爹气得两眼冒火，
放任太太对女儿无情地诅咒。

他粗糙的眉毛下射出两道闪电，
他的愤怒像瀑布从高山上流下，
足以冲垮一切阻挡的堤坝。
他怒吼道："你妈妈说得对，滚吧，有多远滚多远！
带着你的爱情四处游荡！
啊，不，你哪儿都不能去！

"等着吧，我要用对付不听话的牝马那样对付你。
我要用铁链把你拴住，
在你的鼻子底卜穿上铁坏！
就算你因此郁郁寡欢，
脸上那玫瑰般的光彩全无，
我也不会放你走！

"米赫尔，你记住！
这个家我说了算，

我就像锅底顽固的灶灰，
像冲毁河堤的罗讷河水，
像一支长明的蜡烛，
我是这个家里至高无上的统治者！

"你这辈子休想再见到他！"
米赫尔伤心极了，豆大的眼泪从脸上滑落，
就像雨点从草叶上流下，
像成熟的葡萄在暴风前颤抖。
老拉蒙转头骂起了安老爹："还有你，
安布罗伊！你这该死的老东西！

"混小子的事跟你也脱不了干系！
保不齐是受了你的撺掇，
你俩狼狈为奸，合起伙来算计我们家！"
安老爹听到这儿，暴跳如雷：
"苍天在上，你给我听着，
我们虽然身份卑微，心地却比你高贵得多！

"诚实的贫穷并不可耻！
我也曾驾着战船，为国出征。

我在敌人的炮火间，服役四十余年。
在我刚刚学会撑船的时候，
我就加入了瓦拉布雷格的舰队，四处征战。
我去过遥远的梅林达的帝国；

"也追随拉萨船长，去过印度；
在那场旷日持久的战争里，
我曾经带着保家卫国的使命，跑遍全球；
拿破仑把我们猩红的旗帜，
从西班牙一路插到俄罗斯，
所到之处，无不臣服。

"一旦他的鼓声响起，全城都要吓得抖三抖，
像飓风中的杨树一样摇动不停。
别说是恐怖的航程，可怕的海难，
比这惨烈一百倍的事情，我都一一经历过。
我为国家抛头颅洒热血，
老年却落得一身落魄。

"枪林弹雨四十年，我不但房无半间地无一垄，
还要处处遭受富人的白眼。

我们为了捍卫法兰西的和平，
把脑袋拴到裤腰带上，与敌人一决高下。
我们不惧寒风酷暑，每天吃的跟狗一样，
却连一丝起码的人身尊重都没得到过！"

说完，安老爹气得将大氅摔在地上。
"你在这里跟我摆什么战功？"
老拉蒙带着嘲讽的腔调说，
"别以为只有你一个人久经沙场！
我也曾听过大炮轰鸣，
在那土伦河谷间，阿科尔桥就在我眼前坍塌；

"我也曾上过那血流成河的埃及战场；
战争结束后，我们回到故乡，
像寻常人一样耕作种地，
为了土地耗尽了后半生的心血和力气。
天还没亮，我们就下地干活儿了，
月亮挂得老高，我们手里的锄头还没停歇。

"人家都说种瓜得瓜种豆得豆。
这话一点儿没错，若不是我用力敲打，

树梢的榛子也不会自己掉落。

这地里的一沙一石一草一木，

都是我辛辛苦苦挣来的。

我用脚丈量过每一寸土地，

"我用汗水浇灌过每一粒种子。

难道我应当像阿普特①的圣安一样无动于衷？

难道我像那半人马②一样操劳半生？

打下这份丰厚的家业，

就应当白白将我的女儿拱手嫁给一个乞丐？

一个睡在草垛上的无赖？

"愿你和你的儿子都被上帝劈死！

赶紧滚开，我是一定要把我的天鹅留在家里的。"

听老拉蒙说完这一大通难听的话，

安老爹站起身，把大氅从地上捡起来，

用手杖敲着地面说：

"但愿你不要为了今天的决定后悔！

---

①阿普特，普罗旺斯地区的一个小镇，后面的"圣安"是当地的主教堂。

②半人马，古希腊神话中半人半马的天神，此处用来形容拉蒙辛苦劳作。

"啊，愿上帝的慈爱和使者保佑那装满橙子的船只，
将这眼前的潮水平安渡过！"
说完，他就消失在茫茫夜色中了。
风助火势，那柴堆上的火焰烧得正旺，
像一只弯弯曲曲的羊角，
照着老流浪汉的身影。

那些麦客正围着篝火快活地跳舞，
他们昂着脑袋，抖着肩膀，跺着脚步，
火光把他们的脸映得通红。
一阵阵冷风吹过，呼啸着扇起冲天的火焰，
木柴烧得噼啪作响，
通红的炭火乒乒掉在火盆里。

远处传来一阵悠扬的笛声，
像是林子边的麻雀在歌唱。
啊，万人仰慕的圣约翰！
当你前来造访，却让这苍茫大地饱受战栗！
燃烧的火星化为灰烬，升到空中，
肃穆的鼓声像海上的浪花，有节奏地响着。

接着，这些皮肤黝黑的麦客挥起镰刀，
在火堆旁跳了三跳，
朝里面扔了一头大蒜，
辛辣的香气随即弥漫在空中。
接着，他们拿着龙牙草和圣约翰草再次靠近火堆，
从此受了祝福，除去了一身污秽。

"哦，圣约翰！圣约翰！圣约翰！"
这欢呼一连喊了三遍，
火光像夜幕中的星星一样，
照亮了高山，照亮了平原。
想必，那仁慈的上帝正端坐于苍穹之上，
在天庭里享受着这香火饕餮。

第八章　逃离克劳

当母狮回去，
不见了它的幼崽，
谁能遏制它的怒气？
这都是一个摩尔猎人干的好事，
他来过狮子的洞府，
把小狮子带走了。

那母狮怎肯善罢甘休，
它在他们经过的灌木丛里穿梭，
它顺着气味苦苦追寻，
拼了老命狂奔，
却都是竹篮打水一场空！
它把愤怒都化成了一声声咆哮，

回荡在巴巴里①山巅。
它仍在不停追赶。
那失去了恋人的少女，
也像这母狮一般。
米赫尔躺在狭窄的床榻上，
脑袋烧得滚烫，两手紧紧抱着头。

闺房里光线昏暗，别无他人，
只有那忽明忽暗的群星，
看见这个少女的抽泣，倾听她无助的呻吟。
米赫尔哭道："圣母显灵，救救我吧！
通往幸福的道路太坎坷了！
啊呀，我向来敬重的父亲是那么无情！

"我就像一棵稻草，被他踩在脚下。
此刻，您看到我心里乱作一团，
心里的怒气是不是有所消减？
从前您视我为掌上明珠，
如今却待我像那不听话的马驹，
给我套上沉重的枷锁。

---

①巴巴里，指非洲北岸地区。

"我情愿那桑田化为沧海，
若那样，这惹我心伤害我流泪的沃土，
便会淹没在深深的海底！
要是我也出生在卑贱的鼠窝蛇洞，
要是我也是一个四处流浪的穷丫头，
就不会像眼前这么难过。

"要是那样，有哪位少年向我求婚，
就像我亲爱的文森，我会一口答应嫁给他。
哦，我老实帅气的文森！
我如果能挣脱这牢笼，
一定会像那橡树上攀缘的常春藤，
对你不离不弃，此生不渝。

"只要能待在你的怀抱里，
你的爱情就是我的面包，
哪怕让我从车辙里饮水，我都心甘情愿！"
那可爱的少女躺在床上抽泣着，
心中像是燃烧起熊熊烈火，心潮澎湃。
她回想起从前的快乐日子。

哦，回忆总是那么美好！
在那个阳光明媚的春天，爱情就那样发生了。
她突然想起来，文森说过的一句话。
她叫起来："亲爱的，那天你来到农庄，
曾经对我说过：
'若万一，我说的是万一……

"'你不小心被蜥蜴、豺狼或是毒蛇咬伤了，
可以去里桑托向三位圣母寻求帮助。'
眼下灭顶之灾正降临到我头上，
那就让我去里桑托吧，
圣母必定会对我们施以援手。"
想到这里，她从洁白的床褥上轻轻溜下来。

她用一把闪亮的钥匙，打开了自己的宝库，
那是一口胡桃木打的柜子，
上面雕刻着漂亮的花纹。
她从小到大的珍宝，都藏在里面。
里面有一顶精致的花冠，
是她第一次参加圣餐会时戴的；

一枝早就枯萎的薰衣草，

还有一截燃烧过的蜡烛，

它曾经为她驱赶过雷雨天的闪电。

那件漂亮的红裙，

是她照着自己的身材，一针一线缝制出来的，

也是她第一件精美的女红。

现在，她要穿上这条意义非凡的红裙。

外面罩了一件黑色的紧身外套，

并在衣襟上别了一只金胸针，

经过这么一装扮，红裙子被衬托得更美妙了。

米赫尔长长的卷发披散下来，

自然地搭在粉白的肩膀上。

这头秀发看起来宛如一件褐色的礼服。

可是，好看虽好看，米赫尔却觉得它有些碍事。

她索性将它们拢起来，飞快地盘在脑后，

戴上蕾丝的发帽，

最后用蓝色的发帽带子将发髻缠啊缠，

足足缠了三圈才固定住。

这还不算完，她又在光滑的额头上戴起了阿尔人的花冠。
最后，她穿起了围裙，
用一块帕子系在胸前。
一切收拾妥当，然而她还是忘了一件事：
忘了戴上普罗旺斯凉帽。
真是越忙越出错！

为了不出声响，她把鞋子提在手上，
赤着双脚，轻轻地走下了楼梯。
她用力把沉重的门闩抬起，
默默向列位圣徒祷告一番，
便头也不回地走进夜幕中，
脚步轻盈得仿佛是一阵风一般。

星斗满天，星宿们的眼睛里有说不出的温柔，
它们贴心地把清凉的光辉洒向夜行的人们。
相比之下，那圣约翰的眼睛就锐利得多，
眼神如鹰隼一般凌厉无比，
他统领着门下三颗闪亮的星星，
远远地放着清澈的光明。

夜空中静得出奇，没有一丝云雾，

一架载着灵魂的轻车，正驶过璀璨的星空。

轻车两侧各有飞翼，飞翼下是升降轮。

双轮同时收起，从大地上腾空而起，带着祝福飞入天际。

那通往天国的驰道像一道明亮的带子，

在群山的掩映下，轻车一点点爬上驰道。

米赫尔步履匆匆，不敢有丝毫逗留，

简直比传说中的玛格罗妮①还要快上三分。

玛格罗妮曾向海上漂浮的木头询问，

是否看见过她的爱人彼得伯爵。

无情的浪花带走了她的爱人，

只剩下她孤身一人苦苦等候。

这少女来到草原的尽头，

她远远地看见牧羊人正在挤奶，

那就是老拉蒙的牧场。

一些刚做母亲的母羊，

①玛格罗妮，传说中那不勒斯国王的女儿。她爱上了普罗旺斯的彼得伯爵，两人曾一起私奔。私奔途中，玛格罗妮的宝石被鸟儿偷走了，彼得驾船去追赶鸟儿，却不幸遭遇海难，最后两人在普罗旺斯重逢。此前诗中提到的马格隆城，便是由玛格罗妮而来。

被牵到羊圈边上，
静静地给那些褐色的羊羔喂奶。

那些不带羊崽儿的，被牵到一边的角落里，
不时发出咩咩叫的声音。
牧羊人坐在石头上，
灰暗的身影与破晓前的黑暗融为一体。
他熟练地按压着丰满的羊乳，
带着母羊体温的奶水如抛物线般喷入木桶，

激起一团团洁白的泡沫。
牧羊犬们安静地趴在一边。
这些大狗有着洁白的皮毛，
如百合一般漂亮，
它们日夜守卫着羊群，
困了就在羊群四周的百里香丛中打个盹儿。

这时正值盛夏时节，
黎明前的草原很安静。
天上繁星点点，
空气中弥漫着乡野的芬芳，

一切那么恬静，
让人宛如身在天堂一般。

米赫尔像一道飞快的闪电，
快速跑过那道栅栏，
她忍不住抽泣道：
"难道就没有人愿意和我一起去朝拜，
那放牧人的保护神——三位圣母？"

牧羊人和羊群隐隐约约听见有人说话，
他们抬起头来，四下张望了片刻，
错把米赫尔的呼唤当成了风，
于是继续埋下头颅，全身缩成一团。
米赫尔跑过矮橡树林，
她像一只鹬鸪一般，在灌木丛中穿梭，
直到把牧场远远地甩在身后。

她步履轻盈，两脚似乎都不沾地。
一群栖息在橡树下的麻鹬，正在草窠里做着美梦，
被这不请自来的少女一惊，慌忙飞起，
在充满悲伤而荒凉的平原上徘徊，

它们哀号着，好像在说：
"去了耶！去了耶！去了耶！"

草叶上的露珠晶莹剔透，
太阳从山顶升起，慢慢地越来越近，
毛茸茸的云雀唱起了甜美的歌儿。
这歌声是为少女而唱，
它掠过每一座山峦每一个洞窟，
那些山头好像在随着朝阳跳跃。

一望无际的克劳平原尽收眼底，
高大古老的山岩随处可见。
传说中，山岩里住着愚蠢又可怜的巨人，
他们妄图用手臂和梯子推翻上帝，
没想到却是枉然，反被上帝淹没在海底。

假如这些事说的都是真的，
那么，这些反叛者真是无法无天。
给他们一根足够长的杠杆，
他们可以撬动维多利山，
然后把它堆在那旺图山顶。

他们还会找来阿尔卑斯帮凶，
在高山的四周凿出悬崖峭壁。

上帝只消轻轻张开手掌，
克劳平原顿时笼罩在阴影中。
悬崖中的狂风，山洞中的飓风，海中的闪电，
三个家伙像三只雄鹰，
挟着锁城的迷雾，发出可怕的怒吼，
卷着磐石，向他们猛扑过来。

野蛮的巨人们吃了败仗，
那些磐石却像布丁一样定格在平原上，
不管刮风还是下雨，
它们都站在那儿一动不动，
眼神里流露出空旷、孤独与喑哑，
骇人的模样不曾改变。

阳光不再温柔，灿烂得有些刺眼，
在阳光的照映下，克劳披上了金黄色的外衣。
米赫尔却来不及驻足欣赏，
此刻她迫切地要逃离这生于兹长于兹的故乡。

一切都闪耀着太阳的光芒，
草丛中的蝉声越发尖利起来，
仿佛在拼命敲击着身上的锣鼓。

树荫再也难觅，冬天的牲口群也不见了踪影，
往昔热闹的克劳平原突然显得那么空旷。
那些成群的牲口只在冬天时在此栖息，
靠那丰盛的沼泽地里的青草过冬。
如今，它们正躲在阿尔卑斯的山坡上乘凉，
吃着更加鲜嫩多汁的草料。

米赫尔像一道飞奔的闪电，
划过六月如火的天空。
蜥蜴们在洞穴里瞪着灰色的大眼睛，
窃窃私语着："那奔跑的少女准是发了疯，
就连克劳的沙砾、山顶的杜松，
也会在这热浪上跳起舞蹈。"

那些祈祷的螳螂①虔诚地举着两只手，仿佛在央求：
"回去吧，回去吧，孩子！

———————————
①祈祷的螳螂，螳螂习惯将两只前足折起来，举在前面，看起来很像在祈祷。

上帝已经给你准备好清凉的井水，

还为你在树下遮起了阴凉，

只为让你的脸庞如玫瑰般绽放。"

啊呀，你何苦要将光滑的额头交给无情的酷暑？

蝴蝶劝了半天，也无法动摇少女的心志。

少女正驾着爱情的翅膀，在信念的风里飞翔。

这一点她跟勇敢的海鸥有点儿像，

海鸥们不惧风浪，

在艾格毛托的海洋上空高傲地飞翔。

在盐角草①丛里，有几座牧人留下来的小屋，

它们看上去那样孤单无助。

米赫尔就如那小屋一般，

孤身一人在酷热的沙漠里奔跑，

因为找不到清泉和池塘，

她干渴难耐，不禁轻轻地颤抖着。

----

①盐角草，一种植物，生长在陆地，含有海水中的各种矿物质和酶成分。盐角草就像它的名字一样，非常咸。但这种咸不是像盐一样又苦又咸，而是带有一点儿甜味的咸。

她呼唤着："善良的圣詹特①！波塞山谷的隐士！
年轻的修士！勇敢的农夫！
您尚能制服那山间凶残的野狼，
让它们为您耕地播种。
您尚能命令那坚硬的顽石，
流出甘美的清泉，
为您虚脱的母亲消暑解渴！

"您尚且跟我一样，悄悄告别睡梦中的家人，
孤身一人来到山谷，与上帝同住，
又在那儿与久未谋面的母亲重逢！
啊，您是拥有超能量的圣贤，
那么，请您也为我开出清泉吧！

"我又累又渴，我的脚上已经磨出了水泡！
我觉得我马上就要死在这荒漠了，
请您救救我吧！"
那慈悲的圣詹特从天上听到了少女的祷告，
不禁善心大发，指引着她向远处的一块石板走去。

---

①圣詹特，一位11世纪的教徒。他本来靠种庄稼为生，后来隐居在波塞山谷中。
传说，他曾指着一块顽石痛骂，里面竟流出清泉。

那石板并非凡物，它周身闪着银光，
最妙的是下面藏着一口清泉。

米赫尔在灼人的阳光下飞奔过去，
比动作灵巧的貂鼠还要快三分。
那口老水井被碧绿的常春藤掩映着，
是畜群的重要水源地之一。

此刻，一个小男孩坐在它的阴凉下，
正戏弄着一群白色的蜗牛，
那是他钟爱的宠物。
他伸出褐色的手指，
轻轻碰了一下它们的触角，
它们很敏感，马上将头缩进壳里。
他唱道：

"小蜗牛啊小蜗牛，
快快钻出你的壳，
让我瞧瞧你的角，
不然打破你的庙。"

可爱的米赫尔姑娘把嘴唇凑近木桶，

一口一口慢慢喝着甘甜的泉水。

听到男孩的歌声，她飞快地抬起俊俏的面庞，

问道："小鬼，你在做什么？"

男孩好像没听到一样，米赫尔又问：

"原来在捉蜗牛呀！收获怎么样？"

"没错，看这些蜗牛多可爱！"小男孩举起筐说，

"看看，我捉到这么多啦！

这个叫小道婆，那个叫收割者，

还有大圆碟，它们个个顶呱呱！"

米赫尔问道："是捉来吃的吗？"

小男孩摇摇头说："才不是呢，

它们能换好吃的面包！每个礼拜五，

我妈妈都要把它们带到阿尔去。

您去过阿尔没有？"

米赫尔连连摇头，说："从没去过！"

"啊，您真是个可怜的小姐！

居然连阿尔都没去过，我都去过呢！

"阿尔是个好地方，
那城市要多大有多大，要多美有多美！
她管辖着罗纳大河的七个出海口，
岛上的盐沽里有海牛，还有野马。
对了，要是她愿意啊，一个夏天的麦子，
足够全城吃七年的。

"那里的渔人可不怕什么风浪，
他们每天都出海打鱼，
他们是世界上最勇敢的水手！"
那孩子用金子般的辞藻，
描述着他在阿尔的所见所闻，
言语间是可爱的骄傲。

阿尔有湛蓝的大海，
逝者如斯不舍昼夜；
阿尔的马朱山盛产橄榄，
那里的磨坊没日没夜转个不停，
那里的生活富得流油；
阿尔的盐沽里，麻鹬声声。

不过呀，孩子，关于你那可爱朦胧的故乡，
有一点你忘了讲：
都说一方水土养育一方人，
那富饶的阿尔美女云集，
她们像秋天的葡萄一样水汪汪，
像鸟儿的翅膀一样丰满，
像山坡上盛开的花一样芬芳！

米赫尔听了心里很不是滋味，悻悻地说：
"小鬼，你愿意跟我一起做伴儿吗？
我现在急着前往那一边的岸上，
让我们走吧！坐船从罗讷河上走，
然后再听从上帝的旨意，随便去个什么别的地方！"

那小男孩喊了起来："姐姐，
算您走运，我们家就是开船的！
我们的帐子就扎在白杨树荫里，
要是您不嫌弃，今天晚上您就睡在帐子里。
要是您嫌麻烦，睡觉时您可以不脱衣服，
这样父亲就能在第一缕阳光出现的时候，
撑着我们的小船，把您送到对岸。"

米赫尔说："求求你，别拦着我，
我还有的是力气，夜里还可以继续赶路。"
"上帝绝对不允许！"那孩子反驳道，
"难道你想在途中，碰上从卡波洞里逃出来的害人精？
如果让他们撞见，你就没命了！"

"卡波洞？那是什么地方？"米赫尔好奇地问。
"你先得答应去我家，
路上我会慢慢讲给你听。
卡波洞在罗讷河岸上，
明天你就会路过那里。"
男孩耐心地把卡波洞的事娓娓道来。

"卡波洞原本是个打谷场，
一捆又一捆的麦子堆成山。
不知疲倦的卡玛格的马儿，
一圈又一圈地转着，把它们踩踏。
这么辗轧上一个月，全部麦穗才能完成脱粒。
打谷场上尘土飞扬，穿过岁月的彷徨。

"那些等待踩踏的麦子堆成垛，
像小山一样矗立着。
打场的季节，天气很热，
场院里热得像着了火，
伙计们用木叉不停地挑着新运来的麦子。

"马儿的口鼻被尖尖的麦芒扎得生疼，
它们像离弦的箭一样逃走，
可是，无处可躲，无处可藏。
这些可怜的马儿，
没有节假日，没有安息日。
就连在圣彼得和圣查理节日的时光，
全城都沉浸在节日的钟声里，只有它们例外。

"马儿们整日遛于打谷场，
还要忍受监工抡起的皮鞭。
监工站在尘土飞扬中，
对这些卖力气的家伙呵斥不止。
贪得无厌的东家，为了防止它们偷麦子吃，
用可恨的络口套住了它们的嘴巴。

"即使是八月圣母节①那天，
它们仍被使唤着轧麦子，
它们用力拉着碌碡，汗水浸透了全身，
肝脏紧贴着肋骨，累得直流口水。
突然，巨大的龙卷风如一条巨龙从天而降，
仿佛要将整个打谷场掀翻。

"人们顿时吓得惊恐万分，
仿佛站在一口大锅的边缘向下张望，
随时都有可能被拖下要命的深渊。
成千上万的麦捆被可怕的旋风卷入地洞，
监工啊，助手啊，拿木叉的雇工啊，
却一点儿忙都帮不上，束手无策。

"那羊圈和山羊，那磨坊，
那打谷场，还有它的主人，
马儿和赶马的，
全都被龙卷风吞噬了。"
"太吓人了！"米赫尔吓得全身发抖。
"啊，可怜的小姐，更糟的还在后面哩！

---

① 圣母节，拿破仑三世指定的节日。

"当你明天路过卡波洞，
眼中却是另一番歌舞升平的景象。
你会看见鲤鱼和白鲦悠闲地在水中游来游去，
岸边的芦苇里不时有水鸟歌唱，
但是到了八月圣母节那天，就不一样了，
也许你会觉得我编了一通瞎话吓唬你。

"那一天，太阳升到一天中的最高点时，
你会发现清澈的泉水慢慢变得浑浊不堪，
白色的泡沫里泛着阴暗的罪孽。
要是你把耳朵贴近地面，
你会听到一个幽怨的声音从地下传来，
那么惊悚，那么不安。

"那声音开始并不明显，好像苍蝇嗡嗡叫，
接着又像嘀嘀嗒嗒的钟表，
最后变成骇人的吵闹，
好像有人在水草中大喊大叫。
你要问那声音到底有多可怕？
那就好比你对着一口大缸说话。

"大缸里面的空间会改变你的声音，
那声音含混不清，却又低沉骇人，天旋地转。
接着，你会听到痛苦的马蹄声，
仿佛马儿们拖着疲倦而沉重的身子，
踏在坚硬而干燥的地面上。
马蹄声和监工的咒骂声、皮鞭声交织在一起，

"活脱脱就像夏日的打谷场。
但是，当太阳之神落下山去，
那亵渎神灵的咒骂声渐渐停止，
水草中又恢复了宁静。
连悲伤的瘸腿马的咳嗽声都不见了，
鸟儿站在芦苇上，
又开始唱起了甜蜜的歌儿。"

小男孩挎着小竹筐在前面引路，
米赫尔紧紧跟在后面，
一路上听他讲关于卡波洞的传说。
夕阳放射出万道霞光，
把四周的云朵染成了玫瑰色。

玫瑰色的夕照上下来往于群山之间，
纵横在蓝色的悬崖峭壁之上，
在黄昏的天空下，
勾勒出它的轮廓，
一切那么高远、清澈又祥和。
红彤彤的大火球收起了白日里的锋芒，

向宁静的黄昏投降，
从沼泽、湖泊和瓦伦格的橄榄树中撤出，
从罗讷河上落荒而逃。
远方的收割者挺起身，
舒展了一下弯曲的脊梁，
享受着海风送来的阵阵清凉。

远远的，男孩看见了自家的营帐，
它正在微风中轻轻颤动。
男孩叫喊道："亲爱的小姐，
你看见那棵白杨树没有？
那个爬树的，不是像我的兄弟诺特吗？
他不是在抓知了，

就是在眺望我的身影。

"啊，他一定是认出我们啦！
背着他往家跑的，是我的姐姐洁塔。
他们跑得那么快，
准是回去告诉妈妈我回来了，
让妈妈赶紧做饭。

"哦，看来我猜得没错，妈妈在船上，
她正倾斜着身子，捞起一条鲜活的鱼。"
说着，男孩和米赫尔已经爬上了河岸。
那强壮的渔夫大声喊道：
"我的太太，看看谁回来啦！
快看，我们的小安德伦回来啦！

"我就说，他会成为最棒的打鱼皇帝。
你看，他把鳗鱼女皇都带回来啦！"

第九章 集会

原本高傲挺拔的朴树，这会儿变得垂头丧气。
蜜蜂的心情看起来也不怎么美好，
它们无比沮丧，正往回家的方向飞去。
荒野的香薄荷呀，牛奶蓟呀，
都被它们统统抛到了脑后。
睡莲们也是郁郁寡欢。

它们没有脚，不能四处跑，
就向归来的翠鸟打听：
"有米赫尔的消息了吗？"
拉蒙老爹和他的太太正坐在火炉旁，
他们老泪纵横，眼睛肿得像柿子一般，
心里埋着对小篾匠的怨恨。

"她准是离家出走了，"他们说，

"这毫无疑问。这还是咱们的孩子吗？

天哪，这孩子真是疯了！

天哪，她竟堕落到如此境地！

天哪，太丢脸了！我们好好种出来的白菜，

却被一头流浪的猪给拱了！

"她竟然跟一个吉卜赛人私奔了！

快告诉我，那流氓的贼窝在哪里？

那无耻的狂徒藏在哪里？"

他们议论着，更多的皱纹爬上了他们的额头，

一夜之间，他们好似苍老了很多。

这时，酒政①骑驴驮筐地来登门拜访了。

他从毛驴上翻下身来，规规矩矩地走进了门庭，

喊道："好东家，吉日金安！

该吃午饭②了，我来给伙计们拿饭。"

---

①酒政，在西方，原指王室的饮酒侍臣，后来酒政也出现在平民百姓的宴会上，是负责劝酒助兴的人。在中国，"酒政"的意思大大不同，是指国家对酒的生产、流通、销售和使用而制定实施的制度政策的总和。

②午饭，按当地习惯，收麦子的雇工上午十点左右吃午饭，主人家会为他们准备简餐，由酒政带到田里。

"滚开，吃吃吃，就知道吃！"
可怜的老人把一腔怨恨都撒到了酒政身上，
歇斯底里地喊道，

"吃个屁！我的宝贝女儿离家出走了！
我现在就是棵被人剥皮抽筋的软橡树！
掌酒的，快点儿返回田里，
像那闪电一样原路返回，
传我的吩咐：无论耕地的、除草的，
还是割麦子的和放羊的，

"告诉他们，统统把手上的活计停下！
让耕地的把犁停住，
让除草割麦子的把大小镰刀都扔一边去，
让放羊的把羊撒下……
所有人，马上来见我！"
那酒政倒也听话，

马上骑驴驮筐地照办去了。
他像身手矫捷的山羊一样，

飞驰在崎岖的休耕地和茜草①中，
穿过长长的冬青栎坡地，
沿着下面的大路匆匆跑去。
跑啊跑，近了，又近了，

他已经闻到了新收割的干草的香气，
望见了开着蓝花的苜蓿；
跑啊跑，近了，又近了，
他听到了大镰刀挥起落下的嚯嚯声，
看见了身强力壮的打草人弓着身子打捆子。
他们几个人一组，排开队形，

负责割草的排在前头，打捆子的跟在后面。
手起刀落，青草齐刷刷地倒下，
那场面真叫一个快活！
少女和孩子们有说有笑的，
将一捆捆干草堆成草垛。
他们一边干活儿一边唱着欢快的歌儿。

①茜草，一种历史悠久的植物染料。1774年，由亚美尼亚冒险家简·阿尔滕引入沃克吕兹。原诗对这位冒险家也有提及，1850年当地人为他做了塑像，就竖立在阿维尼翁的岩石上。

蟋蟀们听了，慌忙从前方的草窠中四散逃亡。
一架蜡木大车，
被两头白色的阉牛牵拉着，
赶牛车的人熟练地抱起一大摞干草，扔到车上。
牛车上的草垛眼看越来越高，
直到没过了他的腰，遮住了路面，

盖住了轮子和车辙。
车上装着高高的干草垛，
两头牛被拖曳着自然走不快，
远远看过去，牛车好像一艘大船，
走得深一脚浅一脚的，笨拙地推开波浪。
此时，酒政的毛驴已经到了近前，

他扯着嗓门儿，喊了一嗓子：
"汉子们，都停下来！听我说，东家有麻烦啦！"
装车的伙计正一刻不歇地挑着干草，
听了这话，顿时全身松懈下来，
终于得空歇歇脚了，
额头的汗水一直没停过，

但谁能顾上擦呢，
这会儿终于能擦一擦汗了。
打草人也趁机歇了，
只是他们始终不肯放下心爱的镰刀，
而是抵在胸前，
小心翼翼地磨着刀锋，

准备迎接下一轮收割。
这时，克劳平原的上空掠过一支火箭，
那是福玻斯发出的信号箭。
那乡间的送信人报告：
"听着，汉子们！
咱们的好东家吩咐我：
'掌酒的，快点儿返回田里，

"'像那闪电一样原路返回，
传我的吩咐：无论耕地的、除草的，
还是割麦子的和放羊的，
告诉他们，统统把手上的活计停下！
让耕地的把犁停住，
让除草割麦子的把大小镰刀都扔一边去，

"'让放羊的把羊撇下……
所有人，马上来见我！'"
忠心的仆人像山羊一样跑出去了，
跑到长满茜草的丘陵，
来到那被染成金黄色的田野里，
来到开满蓝色矢车菊的土地间。

耕地的汉子们正专心扶着犁头，
跟在拉犁的牲口后面，
翻起一道道深深的犁沟，
唤醒那沉睡了一冬天的土地。
随着犁头工作，鹳鸰鸟兴奋地跳来跳去。
"伙计们，请听我们东家的吩咐！

"他说：'掌酒的，快点儿返回田里，
像那闪电一样原路返回，
传我的吩咐：无论耕地的、除草的，
还是割麦子的和放羊的，
告诉他们，统统把手上的活计停下！
让耕地的把犁停住，

"'让除草割麦子的把大小镰刀都扔一边去，
让放羊的把羊撇下……
所有人，马上来见我！'"
说完，那勇敢的奔跑者又像山羊一样跑出去了，
他穿过滚滚的燕麦波浪，
跳过那开满鲜艳花朵的沟堑，

眼前浮现了一片黄澄澄的麦田。
四十个手拿镰刀的麦客，
像一团燃烧的火焰降落在土地上，
他们正在将那芳香华丽的外套，
从大地之母的胸前剥掉；
他们又像一群急红眼的饿狼，

撕扯着刚刚捕到的猎物，
掠夺着这土地里的黄金和夏日的花朵；
麦客们手起刀落，
麦子整整齐齐倒下，
仿佛是匍匐在他们身后的葡萄枝。
紧随其后的是打捆子的。

他们动作麻利，手法娴熟：
先用左手从地上抓起适量的麦子，起好头儿，
右手旋扭几下，就拧成了打捆用的草腰子①；
接着用手把麦子聚拢在一起；
然后，左右手同时将草腰子抓住，
再用膝盖把麦子用劲儿往里顶。

两手同时　拧，
一捆麦子打好了。
一捆一捆的麦子被齐整整地戳在身后。
镰刀被太阳照得明晃晃的，
像是忙碌的蜂群，
又像在安静的海面上跳跃的鱼儿。

成百上千的捆子，一律麦芒朝上，
像一座座高大的金字塔。
远远望去，麦田仿佛成了古战场的营地，
而那些扎成捆儿的麦子就是营地上的帐子。

_____

①草腰子，用稻草拧成的长约一米五的草绳，外形似陀螺，里面空心，是农村最
常用的一种农作物捆扎工具。草腰子的制作过程叫"打草腰"。

很久以前，在我们博凯尔的土地上，
确实涌现过这样固若金汤的营地。

当年，为了抵御贪婪的入侵者，
我们伟大的西蒙和法兰西十字军子弟，
听命于教皇特使的调遣，
最后却令雷蒙伯爵陈尸普罗旺斯的荒原。
听了送信人的口信，
女工们也暂时从繁忙的劳作中抽身出来，

正在拾麦穗儿的手悬在了半空，
那拾起的麦穗儿又从手指间掉落下来。
她们有的坐在麦堆下闹着玩，
有的呆呆地坐在花藤中。
她们神情疲倦，却又不知所措，
那可能是因为追求者的目光太炙热，

她们为此陷入了深深的苦恼中。
怪不得有人说，爱神也是一个收割者。
东家的吩咐再次响起：
　"掌酒的，快点儿返回田里，

像那闪电一样原路返回，
传我的吩咐：无论耕地的、除草的，

"还是割麦子的和放羊的，
告诉他们，统统把手上的活计停下！
让耕地的把犁停住，
让除草割麦子的把大小镰刀都扔一边去，
让放羊的把羊撒下……
所有人，马上来见我！"

然后，这忠心的仆人又像山羊一样匆匆上路了，
他穿过灰扑扑的橄榄树，
穿过鲜翠欲滴的葡萄园，
因为跑得太快太心急，
不小心碰断了许多葡萄蔓，
就像一阵肆虐的东北风吹过。

他向克劳平原更深处跑去，
那是孤独的荒野，
除了单调的鹧鸪声，再无他物。
他远远地看见，

那些牲畜懒洋洋地躺在矮橡树下面，
放牧人正和他的助手，在石楠丛中午休。

羊群里发出有节奏的反刍声，
一两只无聊的鹡鸰鸟落在羊背上，好似把它们调戏。
羊儿们才不当回事哩，
它们懒得搭理那些头脑简单的鹡鸰鸟。
海面上蒸气袅袅，那蒸气白得如云缥缈，
就像天庭的圣女飞过太阳时戴的面纱。

太阳太过炎热，她们慑于太阳的威力，
不得不戴上白色的面纱。
那送信人把东家的命令传达给牧羊人：
"掌酒的，快点儿返回田里，
像那闪电一样原路返回，
传我的吩咐：无论耕地的、除草的，

"还是割麦子的和放羊的，
告诉他们，统统把手上的活计停下！
让耕地的把犁停住，
让除草割麦子的把大小镰刀都扔一边去，

让放羊的把羊撇下……
所有人，马上来见我！"

于是，大镰刀歇了，犁头停了，
高地上的四十个麦客也收起了镰刀。
那些镰刀像刚长出翅膀的蜜蜂，
纷纷离巢出动，
追随着喧闹的锣鼓声，
聚集在桑树上。

不管是长工还是短工，都来到了这里。
赶大车的和他的伙计，
拾掇干草堆的，拾麦穗儿的，放羊的，
打捆子的，耕地的，打草的，收穗子的，
全都聚集在农舍旁边。
拉蒙东家和他的妻子则站在打谷场中间，

老两口苦着脸，愣愣地望着远方，
沉静如水的面容下分明隐藏着刻骨的哀思。
从四面八方赶来的伙计，
心存疑虑：到底是什么事，

值得让老东家放弃堆成小山的农活儿，
把他们匆匆召来？

伙计们凑到拉蒙老爹跟前，问：
"好东家，你召唤我们，我们都来了。"
拉蒙老爹抬起头，说：
"收割的季节难免碰上飓风。
就算我们未雨绸缪，
但人算不如天算。

"我碰上了一件棘手的事情，一两句话说不清楚。
所以，朋友们，我召集你们过来，
是希望你们把了解的情况告诉我！"
那高特的劳伦走上前去。
劳伦何许人也？
他从幼年到现在，每逢燕麦开始变黄，

他就背着镰刀下山，来到阿尔的平原，
三十多年燕麦青了又黄，他从未错过一年。
麦田的阳光给了他古铜色的皮肤，
这让他看起来就像教堂的石像，

又如一块古老的礁石矗立在大海中，
不惧海浪侵蚀，任凭风吹雨打。

无论太阳多么灼热，
无论西北风刮得多么猛烈，
干起活儿来他都是头一个，
他是割麦人中当之无愧的王者。
如今他老当益壮，他的七个儿子也非凡人，
他们个个如他般强壮。

方圆的麦客们都尊他为领袖。
眼下，他先开了口：
"东家，您的话说得一点儿没错。
早上也许还霞光满天，
保不齐雨雪近前。
今天早上就是这样的天气，

"这可不是好兆头，
不知道会发生什么难以预料的灾难。
啊，愿上帝保佑，使我们免于灭顶之灾。
当阳光穿过昨夜的黑暗，

大地上还残留着露珠，

我就早早起床了，并招呼众人干活儿。

"我撸胳膊卷袖子，

准备像往常那样，尽情地割个痛快。

谁想第一下镰刀下去，我就伤了手。

要知道，我割了三十多年麦子，

还从来没发生过这样的事。"

说完，他举着自己那根受伤的手指，

上面果然有一道深深的伤口，

伤口上的鲜血因为夹混着泥土，

已经变成了肮脏的棕黑色。

米赫尔的父母听到这里，

感同身受，哀叹不已。

接着，塔拉松的让·布克也闻声而起。

他身材魁梧，是个割草好手，

也是塔拉斯克①节日上的勇士。

①塔拉斯克，传说中的怪兽，因为经常侵扰罗讷河岸的百姓，后来被神圣的玛莎降服。为了纪念这个故事，塔拉松的人们每年都举行庆典活动。在庆典上，人们会载歌载舞，烧掉怪兽的塑像。同时还有很多游戏节目，比如掷标枪和挥舞旗帜，高高地抛起然后徒手接住；再如演唱拉加迪加多。

这强壮的少年为人和气，
在康达米诺①，
说起掷标枪和挥舞旗帜，
没有人是他的对手。

在塔拉松黄昏的路口，
他唱起拉加迪加多来，比所有人都起劲儿。
为了庆祝一年一度的塔拉斯克盛典，
人们敲响节日的钟声，载歌载舞。
如果割草少年专注于割草，
他一定会成为打草行当里伟大的师匠。

怪只怪他天生耐不住寂寞，
每当节日临近，他就将镰刀丢在一边，
流连于热闹的树荫里，
或是钻进小酒馆寻乐子，
又或是追逐公牛，参加斗牛比赛，
尽情歌唱，尽情跳舞！

这热情似火的人上前说道：

①康达米诺，塔拉松的一个城区。

"东家，我们在田里打草的时候，

看到燕麦下趴着一窝鹨鸪，

它们拍打着翅膀，无比快活。

我弯下腰，想看看有几只。

接下来，我看到了惨烈的一幕——

"鸟窝和雏鸟的身上，爬满了可怕的红蚂蚁！

其中三只鹨鸪已经被咬死，

剩下的仍在不屈不挠地与害虫斗争。

小家伙们拼命地把头探出鸟窝，

那小小的生灵，

发出了反抗的哀鸣。

"那些贪婪的红蚂蚁，疯狂又急切，

它们志在必得，要将这些鸟儿吞没。

它们的毒牙比荨麻刺还要厉害。

都说母子连心，那母鸟看到孩子遇难，

却又无能为力，发出一阵阵哀鸣。

那景象真是听者伤心，闻者落泪。

"我被这残酷的一幕深深感动了，

不觉倚在长镰刀柄上陷入沉思。"
这悲伤的故事讲完，
简直像在拉蒙夫妇的伤口上撒了一把盐。
不祥的征兆开始在他们心中升起。
伙计们一个接一个地议论着。

那场面就像六月的风暴，
在半空中悄悄地升腾聚集，
忽然阴云密布，一道闪电划开了天幕，
轰隆隆的雷声一个个传来。
劳伦和让·布克都表过态了，
好不容易轮到了一个叫卢·马兰的汉子。

卢·马兰是人们在冬夜里再熟悉不过的名字。
夜幕降临，当骒马站在食槽边上嚼苜蓿的时候，
人们便会兴致勃勃地聊起这个汉子，
直到油尽灯枯，火焰熄灭。
他的第一次当雇工的经历就充满了传奇色彩。
那也是一个播种时节，

所有人都划开了第一道犁沟，

唯独马兰迟迟不前。
他远远地落在后面，
眼睛盯着犁头、犁杖和滑车，
仿佛那些家伙事儿与他无关。
那监工的工头儿对他一番冷嘲热讽：

"笨蛋，你居然敢来当犁田的雇工！
我看猪嘴拱的，都比你强！"
"敢不敢跟我赌一把？"卢·马兰挑衅道，
"谁输了，就给对方三个金路易！"
"比就比！伙计们，把号子吹起来！"
工头儿得意忘形地说道。

两个人同时扶着犁，
土地上瞬间被豁开了两道犁沟。
终点是两棵高大的白杨树，
他们互不相让，冲向终点。
刺眼的阳光将犁线照得发亮，
伙计们叫着好："好工头儿，有你的！

"您那犁沟真不赖！但实话实说，

那一道犁沟更加笔直，

简直像用弓箭射过去的一样。"

在这场比试中，卢·马兰赢了！

事实摆在眼前，但众人还是不敢相信，

他面色苍白，结结巴巴地讲了起来：

"你们只看到我一边犁地，

一边心不在焉地吹口哨儿。

其实我心里比谁都紧张，

我何尝不想赶紧把活儿干完？

可是，我的牲口却怎么也不挪窝，

接着它吓得打起了哆嗦，

"毛发直立，两个耳朵使劲儿往后贴。

我不禁一阵眩晕，

仿佛看到地上的花儿凋谢了，

枯萎在泥土之间。

除了温柔地抚摩，

我想不出什么其他办法。

"巴亚尔多①还是一动不动，
眼里是深不见底的哀伤。
法莱呢，则低头嗅着犁沟。
我气得拿鞭子猛抽它们，
可怕的一幕发生了——
它们竟挣断了白蜡木的犁辕，

"带着耕轭和犁头慌慌张张跑远了。
我突然害怕极了，感觉喘不上气来，
牙齿却不停打战，像是发起疟子。
我吓得全身哆嗦成一团，
有一种说不出的毛骨悚然。
就好比，风儿虽然养育了蓟草，

"但是当它吹过，却好像死神降临。"
"圣母呀！"米赫尔的母亲痛苦地喊道，
"求您发发慈悲，保佑我的孩子！"
说完她膝盖一软，跪倒在地，
两眼直直地望着苍天，嘴唇微张。

---

①巴亚尔多，这里是牲畜的名字。在普罗旺斯，人们习惯按照牲畜的毛色给他们
起名字。巴亚尔多的意思是枣红色的公畜，下文的法莱和穆莱则分别是灰色和黑
色的母畜。

没等她说话，那放牧人的领袖——安托米，

也匆匆赶来了。
他跑得上气不接下气，说："说来也怪，
早上我在杜松林中好像看到了一个精灵。
我还纳闷儿，他为什么出现在这里？"
接着，他挤进人群，讲起了那件怪事。
"今天天不亮，我们正在羊圈里挤奶时，

"上帝的星辰挂在空旷的平原上空，闪闪发亮。
说时迟那时快，一个鬼魂，也许是影子，
或是一个什么妖精，忽然从羊圈旁掠过。
羊群被吓得缩成一团，
连凶恶的狗都不敢吭声。
东家，您知道，我从来没有做祈祷的习惯，

"也从来没唱过'万福玛利亚'之类的歌儿。
我当时心里想：'若你是个好鬼魂，请跟我说句话；
若不是，就请回地狱受苦去吧！'
接着，传来一个熟悉的声音，她说：
'难道就没有人愿意和我一起去朝拜，

那放牧人的保护神——三位圣母？’

"话音刚落，人却已经走远了。
东家啊，你猜那人是谁？她竟是米赫尔小姐！"
众人半信半疑地问："真的？你确定？"
"千真万确！"那牧人说，
"我亲眼看见她在星光下从我面前溜过，
只是容貌不似平日那般端庄。

"她脸色苍白，仓皇害怕。
我确信她是一个大活人，不是什么幽灵，
她看起来像是遭受了什么打击。"
大家听了这个消息，惊得目瞪口呆。
米赫尔的母亲悲恸欲绝，语无伦次地说：
"啊，谁？谁愿意陪我去朝拜那些圣母？

"我要将我的小宝贝带回家！
我那可怜的石砾中的鹧鸪，
我要追随她的脚步，去找她。
要是可恶的蚂蚁敢对她放肆，
我就嚼碎那些害虫，端了它们的老窝！

就算贪婪的死神刁难她，

"我豁出这条老命，也要砸烂他的破镰刀，
让我的小宝贝能脱身。"
吉玛太太胡言乱语着，往家的方向跑去。
拉蒙老爹吩咐道：
"快，赶大车的，今天还有很多路要赶！
再不动身就太迟了。快去把穆莱套上，

"把车篷支起来，把轮毂上好油，
在车轴上涂上油料。"
那绝望的母亲爬上了车，
嘴里仍然念念有词：
"啊，我的小心肝，多么漂亮！
哦，克劳的平原！无尽的盐滩！可怕的月光！

"我求你们，
求你们对我的女儿高抬贵手！
你们要真想折磨谁，
就是找那该死的塔文老巫婆。
我知道，就是她！将我的心肝拐进了贼窝，

骗她喝下迷幻药与毒药。

"愿那圣安东尼所统辖的一切妖魔鬼怪，
都不要对她客气，
最好将她的尸体撕烂，扔在波城的山间！"
这位母亲悲伤地哀号着，
她的声音随着颠簸的车轮，渐行渐远，
很快，他们的影子消失在地平线上。

农庄上的伙计们悲伤地转过身，
又开始忙碌各自的分内事。
一团团渺小的飞虫，
在绿廊上嗡嗡地飞舞着，
它们自由自在，
有说不尽的欢乐。

第十章　卡玛格

普罗旺斯的好人们，庄稼汉们，请听我说，
从阿尔到旺斯，从马赛到瓦伦索①，
要是你觉得炎热不堪，
就请你们到迪朗克洛运河②岸上躺一躺，
听一听米赫尔的故事，
你一定会被她的爱情故事所打动。

且说安德伦载着我们的米赫尔姑娘，
在广阔的罗讷河上开始了探险。
安德伦驾着的小船简直像只大鞋子，
开船了，小船静静地划开水面。
米赫尔眼神黯淡，一副失魂落魄的样子，
望着波光粼粼的水面发呆。

---

① 瓦伦索，罗讷河沿岸的一个城市。
② 迪朗克洛运河，一条从迪朗斯河开凿出来的人工河道。

直到掌舵的男孩问她："年轻的小姐，

你知道罗讷河有多宽吗？

在卡玛格和克劳之间，

人们常常因为这个问题吵个没完没了！

你看，那个最大的岛就是卡玛格，

它连接着阿尔七条入海的河道。"

男孩一边驾船一边说着。

此时，玫瑰色的晨雾把整个罗讷河染成金色。

微风把塔塔尼①的白帆吹得鼓鼓的，

那船便顺流而下。

微风徐徐，推动着它们缓缓地前行，

就像牧羊女赶着一群乳白色的羊群。

罗讷河两岸是连绵的树荫，

有叶子肥大的蜡木，还有笔直的白杨树。

我最喜欢白杨树，树干上爬满了野葡萄的枝条，

每一个瘤节上都结着枯藤和果实。

它们灰白的树干映照在河水里，

---

①塔塔尼，地中海地区一种常见的商用小帆船。

就好像一串串葡萄漂在水里。

这大河波澜不惊，自有一番雄伟，
却因为缺少生气，令人不禁昏昏欲睡，
像英雄末路，美人迟暮。
忆往昔，阿维尼翁的城堡和厅堂中，
高朋满座，鼓乐齐鸣，携手聚华堂；
叹今朝，奈何时光流转，往事已成烟。

不久船行到岸，米赫尔跳到岸上，
那男孩自是一番千叮咛万嘱咐：
"沿着大路，一直一直朝前走，
圣母们与你心意相通，一定会给你引路的。"
说完，他掉转船头，推开双桨，
小船便沿着原路返航了。

六月，天气热得堪比火焰山，
米赫尔像一道闪电，飞快地跑呀跑呀，
不想却兜兜转转，仿佛一直顿于原地，
南北东西各个方向的海洋都像草原一样浩瀚无边，
不管远望，还是近瞅，所到之处都是柽柳，

它们在海风中频频向米赫尔点头致意。

在这片咸涩的滩地上，
植被和动物的种类都十分匮乏。
植被以秋麒麟、海蓬子、木贼和苏打草为主，
黑牛快活地撒野，白马肆意地驰骋。
咸腥的海风迎面扑来，
让你不得不张开胸膛猛吸上几口。

在这盐沼的上空，
天空蓝得令人眩晕，
地面像镜子一样，反射着天空的景色。
它美得那么热烈，那么悠远。
偶尔有一只孤独的银鸥或苦修士①飞过，
在雪白的天空之镜上留下斑驳的影子。

天气热得像煎锅一般，
太阳仍然在越升越高，
直到它攀上天空中的顶点才肯罢休。
它火焰般的光辉从天而降，

---

①苦修士，卡玛格当地特有的一种鸟儿。下文的武士和苍鹭也是。

好似饥饿的雄狮看到猎物那般炙热，
将阿比西尼亚沙漠一路打量。

太热啦，真想在山毛榉树下坐一会儿啊！
眼下，米赫尔感觉如坐针毡，
像被无数蜜蜂包围，那些暴躁的家伙朝她放出了毒刺。
又好像无情的燧石撞击出火花。
这爱情的朝圣者太可怜了，
她又累又饿，已然上气不接下气。

她解开外套上的别针，
胸口一下子轻松了很多。
隐藏在衣衫下面的一双胸脯，
那样雪白，那样迷人，
好像夏日开满风铃草的海滨，
又像清泉中激起的浪花。

它们让风景单调的盐滩眼前一亮，
让朝圣之路少了几分苦涩。
陆地的尽头是一片平湖，
水面上波光粼粼，

绵长的海岸上最是风姿绰约，
高大的秋麒麟和滨藜排得整整齐齐。

它们柔和的身躯在水面上投下一抹清凉。
这从天而降的景象令人心旷神怡，
米赫尔心中的雾霾渐渐消散。
没走多久，一座城镇映入眼帘，
宫殿高耸入云，被高大宽阔的围墙环绕，
喷泉欢快地跳着舞。

教堂林立，尖尖的屋顶直捣云霄。
阳光摇曳，一艘艘帆船归心似箭，
争先恐后地驶进海港。
海风温柔地拂面而来，
桅杆上的角旗和布条随风飘摇。
"真是人间仙境！"米赫尔一边擦拭额前的汗水，

一边在心中暗自称奇。
三位圣母的墓穴一定就在这城里了，
米赫尔这么想着，欣喜若狂地朝城门跑去。
奇怪的是，她跑得越快，仿佛离三位圣母越远了。

那地点变幻莫测，难以捉摸，
明明近在咫尺的幸福，却一次次遥不可及。

她往前进一步，那甜蜜的幻象就往后退一步。
那是空中的泡影，那是梦里的幻境，
那喜欢幻想的精灵，
向太阳借来五彩绚烂的阳光，
织成了这虚无缥缈的海市蜃楼。
过了一阵子，眼前的一切亭台楼宇都消失了，

只剩下米赫尔一人独自惆怅。
她不禁有些头晕目眩，
她不怕艰难险阻，行走在一望无际的沙丘间，
穿梭于那被盐巴覆盖的荒原上，
一刻都不敢停留。
水草丰美之滨，芦苇扎根之所，灌木丛生之地，

蚊子肆虐，虫子横行。
米赫尔不禁想起了心爱的文森，脚步沉重起来。
突然，她的目光越过寥廓的瓦喀里斯，
落在一座教堂的尖顶上。

她伸着脖子再次张望，那确实是一座教堂，
它就像一艘在平原上行驶的大船，

在波澜起伏的浪花中回航，归心似箭。
米赫尔心中不胜欣喜，
但就在这幸福到眼前的瞬间，
她脚下一软，跟跟跄跄的，
昏倒在明晃晃的海边，
仿佛被太阳滚烫的利箭射中了额头。

尽情痛哭吧，克劳的百姓们，
你们最美的花儿掉到了地上。
譬如一群鸽子在小溪边嬉戏，
甭管是在喝水，还是在咕咕叫。
要是被哪个无情的猎人撞见，
它们可就遭了殃。

猎人定会从灌木丛中举起黑色的枪管，
而他第一个瞄准的，定是最美的那一只。
我猜，残忍的太阳亦是如此。
米赫尔昏倒在海滩上，不省人事，

一群蚊子围着她，嘤嘤地叫着，
却也并不叮咬她，仿佛是为她着急张皇。

它们看见这可怜的少女昏迷过去，
火辣的阳光无情地炙烤着她，
周围找不到一丝能庇护她的树荫。
它们眼睁睁地看着那雪白的胸脯，
随着呼吸起伏，却又束手无策。
小生灵们拍打着小小的翅膀，

嘤嘤咛咛地哀求道：
"漂亮的小姐，别躺下，别躺下！
快站起来，躲开这毒辣的日头！"
它们为了唤醒她，开始叮咬她俊俏的面庞，
浪花也伸出手，把水雾洒在她脸上。
米赫尔终于醒了，她呻吟着：

"啊呀，啊呀，头太疼了！"
她挣扎着爬起来，蹒跚着，
走过一丛又一丛的盐角草。
——哦，可怜的姑娘！

她终于来到了教堂前，
就是之前眺望到的那个教堂。

她沿着冰冷的旗杆，
疲惫的身体趴在青石板上。
石板由于被海水常年浸润着，凉意袭人。
然而，她毫不在意这些。
她双手抱住额头，在痛苦中挣扎，
眼睛里噙满泪水，有说不尽的悲伤。
她虔诚地坐下来祈祷，那声音乘着风，直上云霄：

"哦，劳苦大众的保护神，
圣洁的玛利亚们，
请你们借我一双耳朵，
听我把命运诉说！

"此刻我愁苦难当，
刚刚经历了失去恋人的不幸，
希望能得到你们的垂青，
为我做主鸣冤。

"圣母玛利亚高高在上，
我本卑微如草芥，
不小心爱上了一个叫文森的青年，
我很快坠入了爱河，不能自拔。

"我们爱得身不由己，
就像小溪一般，不舍昼夜；
就像鸟儿一般，
振翅高飞，无所畏惧。

"我们爱得比那太阳还炙热，
然而却被他们泼一盆又一盆的冷水；
我们爱得比那杏花还绚烂，
然而却被他们无情地斩断枝条。

"哦，劳苦大众的保护神，
圣洁的玛利亚们，
请你们借我一双耳朵，
听我把命运诉说！

"亲爱的圣母玛利亚，

我不顾母亲的苦苦哀求，
我不惧在荒野中风餐露宿，
我跋山涉水，为你而来。

"太阳火辣辣的箭矢，
无情地射中了我的额头，
像一枚烧得滚烫的铁钉戳进我的脑袋，
让我头痛欲裂。

"哦，求求你们开恩，
把亲爱的文森赐予我，
到时我们将无比欣喜，
双双向你来致敬！

"这要命的失恋的痛苦，
将彻底离开我的额头；
泪流满面的苦涩，
将换作明亮的笑颜。

"我父亲竭力反对我们的爱情，
他那样铁石心肠，残酷无情。

亲爱的圣母玛利亚，

请你一定要感化他。

"小小的橄榄果又硬又涩，

到了基督降临的时节①，

被秋风那么一吹，

却变得无比柔软。

"刚刚摘下来的欧楂和洋李子酸得要命，

但是在干草中捂上一捂，

很快就甜美无比，

用它们招待客人再好不过。

"哦，劳苦大众的保护神，

圣洁的玛利亚们，

请你们借我一双耳朵，

听我把命运诉说！

"啊，这光明从何而来？

教堂在半空中对我大门敞开，

———————

① 基督降临节，圣诞节前的四个礼拜。

天上的星星闪着灿烂的光辉，
莫非我到了天堂？

"上帝啊，圣母玛利亚，
世间谁还能比我更幸运？
周围被光环包围的圣母们，
正沿着金光大道向我飞来。

"啊，苦命人的庇护者们，
看见你们真高兴，你们可是为我而来？
你们身上的光环太过炙热，
请将它隐藏，免得我被灼伤。

"请用云朵把这光环遮挡，
我的眼睛快被闪瞎。
教堂呢？谁在召唤我？
啊，圣母们，请把我带走吧！"

那中暑的少女，跪在冰凉的石板上，
她剥掉一层层使感官迟钝的世俗老茧，
恍惚间不觉抬起头，慢慢地张开双臂，

眼泪从一双美目中不由自主地淌下来。
她摆脱了凡身肉体的羁绊，
痴痴地凝望着圣彼得的大门，

把那荣耀苦苦企盼。
她一言不发，沉浸在自己的世界中，
脸上倒也添了几分光彩。
当陪伴将死之人的长明灯，
变得越来越虚弱，
黎明的阳光却越来越强，

它爬上白杨树的树梢，照亮了旷野。
吱呀一声，那神秘的大门打开，
就像羊群从睡梦中醒来，快活地四散开来。
从门里走出三个妙龄女子，
她们那么高贵，
以至于金碧辉煌的屋顶和柱子都不忍直视，

羞涩地躲了起来。
她们那么美丽，
星辰都心甘情愿地为她们铺起小道。

她的头顶出现了一道亮光，
三位圣母从天而降。
其中一位圣母捧着白玉花瓶，

她的脸上闪着圣洁的光芒，
比天上的星斗还要耀眼。
还有一位圣母，手持棕榈枝子，
风将她的长发吹得缠绵轻舞。
最年轻的那位圣母，
虽然半边脸被白纱遮住，

却也可以感觉到那是一张绝世美颜。
弯弯的睫毛下，一双美目熠熠生辉，
赛过一切钻石之光。
三位圣母俯下身子，深情地望着她，
安慰的话说了一箩筐。
她们面带微笑，朱唇轻启，

胜过人间最好的良药。
她们拔去了扎在米赫尔心中的尖刺，

在原来的位置插上美好的花枝。

"可怜的米赫尔，

你如今已是苦尽甘来，

我们就是凡人口中波城的圣贤之人，

"犹地亚①的玛利亚们。

我们的任务是消除人间的一切痛苦。

大海上遭遇暴风雨的时候，

我们搭救每一只遇险的船只，

我们平息每一朵肆虐的浪花。

请你抬头，向圣詹姆斯的住所眺望！

"刚才，我们就站在那极远的远方，

就站在山峰之巅。

我们的目光穿越满天星斗，向人间凝望，

察看那康柏斯特罗②路上的朝圣者，

他们在我孩儿的墓前恭敬叩拜。

伴随着喷泉的叮咚声，

---

①犹地亚，宗教圣地，又叫"耶路撒冷山地"或"哈利勒山地"。

②康柏斯特罗，从前是加利西亚的首都，现在属于西班牙境内，这里埋葬着西班牙的守护神大圣詹姆斯。

"我们倾听着朝圣者们庄严的祷告。

他们在旷野集合，

在清澈纯净的钟声中，

把我们的孩儿与侄子大大赞美，

那西班牙的第一个布道者，大圣詹姆斯。

我们被朝圣者的祷告深深打动了，

"就将象征和平的圣水，

滴在他们的额头上，

将安详注入他们空虚的心灵。

忽然，你那虚弱的哀求，

像一团火焰，燃烧在我们心头。

亲爱的孩子，

"你的勇往直前让我们感动，

你的请求叫我们于心不忍。

你要在那纯洁之爱的清泉中畅饮，

直到死亡掐断它的源头。

然后，我们就想把上帝的快乐分享给你，

你觉得谁是这个世上最称心如意的人？

"是那些脑满肠肥的有钱人？
他们像贪婪的蚂蟥一样，
吸吮着别人的血汗，
把自己养得肥肥胖胖，
可却人见人打，
可见肥胖并没有什么用。

"在那公正的决庭上，
他也难逃骑驴之人①的裁判。
你是否见过刚做母亲的人，
第一次用乳汁喂养孩子时的心满意足？
然而，一个来自旁边不怀好意的目光，
足以将她襁褓中的希望毒害。

"看哪，她正悲痛欲绝，
俯身亲吻那摇篮中的小尸体，
希望将他唤醒。
她出嫁时曾经挽着爱人的手臂，
虔诚地向教堂祈求祝福，

①骑驴之人，指基督，四福音中有记载，基督曾经骑着毛驴进入耶路撒冷。

福之安在？

"啊，早已消失！
那路上的荆棘，比荒野的刺李还多，
任何人从此经过都要伤痕累累，
双足饱受尖厉的折磨和无尽的苦楚。
曾经酣饮过的清泉，
如今已经苦涩难咽。

"曾经鲜美的果子，
如今生出了虫子。
他们过往拥有的一切，都已经遭到破坏。
好端端的一筐橙子，
他们却认为下一个橙子才是最大最好的，
于是挑了又扔，扔了再挑，

"直到筐里还剩最后一个橙子，
最后那个却堪比苦胆。
啊，米赫尔，红尘三千丈，
不过一声叹息。
利欲熏心的泉水只会越喝越渴，

穷其一生，最后只能换来不尽的苦恼。

"要想挖到宝贵的银子，
唯有日夜捶打顽石。
要想获得快乐，唯有真心付出。
心系他人的疾苦，挂念他人的辛劳，
关心劳苦大众的温饱，
把身上御寒的斗篷脱下，

"送给冻僵的人，为他们驱除寒冷。
要想真正让落魄的人重新燃起生活的希望，
就要和卑微者一同卑微地活着。
那圣贤之人的警诫，人们早已忘记：
懂得生命的人，更容易幸福，
谦卑是让灵魂获得喜乐的根由，

"善良的人死后会乘着风进入天国。
那遭遇众矢之的的信徒，
像百合一样无辜。
啊，米赫尔，要是你也和我们一样，
站在天上俯视苍生，

了解那人们最看重的一切情感，

"曾在教堂的墓园种下无数苦果。
哦，你就像可怜的小羔羊，
祈求宽恕和死亡！
麦粒要是不烂在地里，
就不能生茎抽穗儿，
世间的一切都是这个道理。

"我们在戴上圣母的冠冕之前，
也曾把人生的酸苦一一尝遍。
总之，请你暂时平静片刻，
听我们把过往的患难经历说一说。"
三位圣母降临此地，
浪花一层层地涌上沙滩，

仿佛也在聆听她们的警世箴言。
远处的松林和近前的草丛，
沙沙作响地附和着，
好像对她们的话深表赞同。
银鸥和野鸭子一动不动，

仿佛听得入迷。

太阳将落未落，月亮将升未升，
四目相对，各自羞红了脸。
卡玛格，这到处是盐渍的荒岛，
三位圣母的到来使它蓬荜生辉。
为了让失恋的少女燃起生活的意义，
圣母们讲起了自己的故事。

第十一章　使徒

"十字架在犹地亚悲哀的山顶屹立不倒，
上面还残留着基督的血渍。
啊，米赫尔，你听到了吗?
它在哭泣，谴责这城市的罪过:
'麻木不仁的百姓啊，你们回答我!
你们做了什么? 对那伯利恒的王者做了什么? '

"让这个城市从人声鼎沸到万马齐喑:
抽泣的汲沦溪，奔流向远方;
看似平静的约旦河水暗流涌动，
浑浊的潮水裹挟着一腔愤怒与悲伤，
向着沙漠深处全身而退，
前去寻找黄连与松香。

"命运凄惨的穷人们知道，

正是死去的基督，把自己的坟墓开启，

将往昔的朋友与伙伴一一探视，

并将那神圣的钥匙，

交到圣彼得手上，

然后他像雄鹰一样飞上了天堂。

"哦！犹太的百姓无比伤心地流泪，

为那加利利的好木匠感伤，

他曾用蘸过蜜蜂的比方①，感化他们，

他曾用几只无酵饼解决数千人的饥饿②，

他治好了大麻风病，

甚至叫死去的人获得新生。

"然而，那些国王、文士、祭司和法利赛人，

那些被我们的主赶出天国大门的狂徒，

正在一起谋划着见不得人的勾当：

恐怕我们得赶紧行动，

---

①蘸过蜜蜂的比方，《圣经》中有记载，基督对众人的教化浅显易懂，多采用比
方的形式。
②他曾用几只无酵饼解决数千人的饥饿，指《圣经·四福音》中"五饼二鱼"的
故事。在一次布道中，耶稣曾用一个小孩子所给的五个大麦饼和两条鱼，喂饱了
五千人。无酵饼，指未经发酵的大麦面饼。

扑灭四处亮起的十字架之光，
才能镇压街上愤怒的喧嚣。

"于是，他们恼羞成怒，
把殉道者们抓起来，一一拷问：
斯提反是被石头打死的第一人，
詹姆斯被剑刺死，
还有无数人死于乱石之中。
然而，他们临终前却哀号不止：
'耶稣基督是神。'

"我们这些追随他的兄弟姐妹也跟着遭了殃，
我们登上了一艘开往迷途的破船，
船上没有帆，也没有桨，
我们漫无目的地在大海上飘摇。
女人们掩面而泣，
男人们绝望地望着低垂的天际。

"那些熟悉的宫殿、会堂和橄榄园，
从我们眼前飞逝而过！
最后卡梅尔起伏的山岗，

也消失在我们的视线里。

突然，我们的身后传来一声高喊，

我们转身望去，一位少女正把我们召唤。

"她悲伤地喊道：'啊，请带上我！

我的主母，请带上我！

为了耶稣我情愿一死！'

这位少女就是我们的使女萨拉。

如今她在天国中，

无论走到哪里都像四月的晨光那样明媚！

"忽然一阵狂风吹来，我们的船有了方向，

上帝启示了萨洛米：

哦，这位少女忠心可鉴！

萨洛米摘下头巾，扔在蔚蓝的大海上，

在海上铺了一条路。

那少女走上去，来到我们的船上。

"狂风暗中帮了她大忙。

在朦胧的远方，

故乡的山水渐渐远去，

海水将我们环绕。
我们的心中不禁泛起了乡愁，
那感觉欲说还休，只有经历过的人才明了。

"别啦，神圣的海滨！
别啦，晦气的犹地亚！
你将被上帝驱逐，被他诅咒！
从此以后，你的城墙里只有巨蛇居住！
永别啦，富饶的葡萄与枣子，
从此都是狮子的腹中餐。

"眼下，狂风大作，暴雨如注，
追逐了我们的破船。
马夏尔和萨特涅斯跪在船头祈祷；
那裹着长袍的特罗非摩是最资深的圣徒，
他保持着冷静，他在思索；
侍立在他旁边的是马克西曼，我们未来的主教。

"拉撒路站在高高的甲板上，
他面色惨白，没有一丝血色，
好似坟墓中的裹尸布。

他呆呆地盯着起伏的海水。
依附在他身边的，是他的姐姐，
蜷缩在他们后面哭泣的，是他的妹妹抹大拉。

"这艘被恶魔追逐的小船里，
聚集着克里昂、欧特罗皮乌斯、马塞勒斯、
西多涅斯和亚利马太的约瑟①。
他们靠在桨栓上，
面朝大海，高唱着甜美的诗篇。
我们也唱起了感恩曲。

"小船像离弦的箭一般，穿梭在浪花中，
那汪洋仿佛又重回眼前。
忽然，一阵疾风刮来，
那凄冷的迷雾被裹挟着，升腾到半空，
接着像飘浮的幽灵一般，
转瞬烟消云散。

"太阳迎着海浪升起来，

---

①亚利马太的约瑟，《新约·马太福音》中有关于此人的记载，"只因怕犹太
人，就暗暗地作门徒"，他也是后来给耶稣收尸的人。此外，上文和下文提到的
人物都是当时的门徒，这里只是艺术化的讲述，并不涉及生卒年代的准确交叠。

它跟着我们追逐了一路，傍晚又落回海洋。
我们在这盐田中漂泊，
跟着风儿的方向颠簸。
上帝教我们躲开了一切不幸，
最后驱使我们来到普罗旺斯，传播他的福音。

"漆黑的夜晚落荒而逃，
一个宁静、明亮的早上再次来临，
就像那操劳一生的老妇人准时醒来，
提着灯，熟练地打理着炉中的面包。
海浪慵懒地轻轻拍打着船舷，
海面平静得像丝绒一样。

"忽然，大海深处响起一阵阴沉的咆哮，
把我们吓得心惊肉跳。
大海用尽全身力气用力颠簸，
浪花一朵接一朵地涌上来。
我们看得目瞪口呆，
绝望地注视着发狂的海面。

"飓风卷着浪花，

仿佛在我们面前挖了一道深渊，
刚才的平静不是一个好兆头。
船儿像是被下了诅咒，寸步难行。
在水天相接的天际，
巨大的浪花犹如高大的山峦。

　"海面升起团团大雾，
把我们的小船包裹。
哦，上帝，可怕的时刻到了！
一个巨大的浪头打过来，
像恶魔的墓穴一般，要把我们吞噬，
紧接着又把我们高高抛起，令人眩晕不止。

　"银白色的闪电像一把利剑劈开黑暗，
振聋发聩的雷声，一串接着一串。
地狱像是挣开枷锁的怪兽，
把这艘船当成了果腹的猎物，
它拍打着船舷，撞击着甲板，
我们的额头都要炸开。

　"恶魔时而把我们举过肩头，

时而又把我们狠狠抛向漆黑的深渊。
那些在海里神出鬼没的家伙，
是海豹和凶恶的鲨鱼；
那发出阵阵呜咽的，
是曾经命丧汪洋的亡魂。

"忽然，一个巨大的浪头扑过来，
那拉耶路大声祈祷着：
'哦，耶稣基督，救救我们，
快将我们带出这坟墓，
我们可不想成为鱼儿的腹中餐！'
他的声音像鸽子一样，一飞冲天。

"站在华美圣殿间的耶稣听到了召唤，
起身向下查看，朋友们果然遭了难，
海上的深渊正要将他们吞没。
耶稣的目光穿越云层，
他怜悯地看着我们，
那风暴突然射出一道阳光。

"上帝万岁！我们被折磨得狼狈不堪，

只觉天旋地转，胆汁都要吐出来，
但我们信心十足。
眼下海面上一派风和日丽，
狂妄的风浪已经停息，乌云已经散开，
生机勃勃的海滨隐约可见。

"我们的小船经历了一路风浪，
熬过了千难万险，
现在正在风平浪静中行驶，
向着岸边开近。
它张开的龙骨像一只鹈鹕，
优雅地掠过岩壁旁的泡沫。

"上帝万岁！
我们在一块平坦的沙滩靠岸，
一齐跪下，大声祈祷：
'哦，基督，是您把我们从风暴中解救出来，
我们发誓，一定好好传播您的福音，
请相信我们的誓言！'

"尊贵的普罗旺斯啊，

你听见这荣耀的盛名，难道未曾感动？
这片沃土上的山川河流，
都在满足与喜悦中颤抖，
就像忠诚的狗儿闻见主人的气息，
便赶紧跑上来迎接。

"天父啊，您让潮水带来了新鲜的贝类，
让我们远离饥饿；
您叫盐角草涌出可口的清泉，
为我们赶走饥渴，
那泉水无休无止，
仍然奔流在我们的教堂里。

"我们怀揣着满腔热火，
沿着罗讷河走过沼泽，穿过荒野，
终于找到了庄稼人的犁沟，
看见了阿尔的高塔。
高高的塔尖上插着王者的旗子，
好一个英姿勃发！

"可爱的阿尔，睡在自家的打谷场上，

把光荣的梦想重温。
你虽似一介农妇，
但曾经也做过勇敢的航海者的国母，
你曾在那宽阔的海港里呼风唤雨，
如今却迷失在情感的旋涡里。

"罗马帝国曾用大理石将你装扮，
让你拥有帝国公主的气派。
你戴起廊柱的桂冠，
你的角斗场有一百二十道门，
你建起戏院和马场，
讨取那帝国的王宫贵胄的欢心。

"我们进了城门，看见人们蜂拥跑向戏园。
他们排起队来，载歌载舞。
他们穿过清凉的廊柱，
期待着即将上演的节目。
那情形像河流经过枫树的阴影，
跌入不见底的深渊中。

"哦，世风日下，人心不古啊！

伴随着暧昧的靡靡之音和尖利的和声，
一群光着胸脯的少女，
在众目睽睽之下登台舞蹈。
她们绕着那座叫'维纳斯'的石像，
跳得如痴如狂。

"陷入疯狂的观众，
附和着台上的淫俗歌声，
他们发出了盲目崇拜的声音：
'歌唱维纳斯，维纳斯是欢乐的使者！
歌唱维纳斯，维纳斯是漂亮的爱神！
她养育了这片土地和阿尔的百姓！'

"那维纳斯石像头戴桃金娘的花冠，
宽阔的鼻孔朝着天，骄傲的头颅高高扬起，
似乎很享受这样的奉承。
突然，她的傲慢让特罗非心生厌恶。
特罗非从疯狂的人群里挤到前面来，
在受了蒙蔽的民众前举起双手。

"'阿尔的百姓！'他用铿锵有力的声音讲道，

'我以死去的基督的名义演讲，竖起你们的耳朵！'
他说到这里停顿了一下，皱了一下眉头。
那维纳斯像便摇晃着呻吟着，
从大理石座上滚落，扑倒在地，
压倒了那群舞者。

"接着有人带头喊了一声，
一群乌合之众将出口团团围住，
他们在阿尔制造着紧张和不安，
气得贵族们扯下冠冕。
那些愤怒的少年手持刀山剑林，
把我们团团围住。

"然而，他们退缩了。
也许是瞧不上我们浑身盐渍的衣着，
也许是被特罗非头上圣者的光辉吓怕了，
也许是被抹大拉如云的泪水感动了。
总之，在这场没有硝烟的战争中，
我们打败了他们精心打造的维纳斯！

"那上了年纪的圣者继续说：'阿尔的汉子，

你们听我说完再动手也不迟。
你们已经亲眼看到，
你们的女神一听见主的名号，便瞬间四分五裂了。
阿尔人哪，这并非因为我虚弱可怜的气息，
我们不过是些凡夫俗子。

"'一切都是上帝的旨意，是他推翻了你们的偶像，
是他在天上为黎民百姓的生计思量。
他憎恶所有山顶的庙宇，
他是匡正驱邪的神，先天下之忧而忧。
我们赖以生存的高山、海洋和天空，
都是他赐予我们的。

"'一天，他从天上的居所往下看，
看到自己创造的美好环境正被卑劣的害虫破坏，
卑微者满含泪水卑微地活着，
道貌岸然的恶魔则穿起袍子，走上神坛。
少女们行色匆匆，
唯恐撞上放荡之徒。

"'为了洗清人间的污秽，

免去众人的劳苦，

教天下苍生互惠互助，

上帝把自己的独生子派下凡间。

他摘下了金冠，投胎在处女腹中，

这户人家很穷，他降生在马槽之中。

"'啊，当跟从这卑微者，

我们这些往昔的伙伴，

可以将他所行的神迹向你们一一列举。

在那金黄的约旦河的尽头，

他曾穿着白袍，站在人群中，

将他们大声训斥。

"'他如此和蔼可亲，

告诉大伙儿要相亲相爱，

那全能的上帝，是心怀怜悯的真神。

不管是卑微者，还是哀恸者，抑或是穷苦者，

都是他的子民，

而骗子、暴君和傲慢之人都被他挡在外面。

"'这里就是他所传的功课：

他曾当着众人的面，从水面上走过，如履平地。
他只需要询问观察，就能将恶疾治愈。
他曾叫死者从坟墓中站起，
活生生重返人间。
如今，那死而复生的拉撒路就在你们眼前。

"'那些犹太人的君王忌妒他、憎恨他，
布下天罗地网擒住了他，将他关在一座山上，
残忍地将他的身躯钉入树干，
朝我们的圣者脸上吐口水，
将他吊起来鞭打，暴虐至极。'
听到这里，人群中不时发出哀叹声和啜泣声。

"他们喊着：'请饶恕我们的罪过！
我们需要做什么，才能平息天父的怒火？
圣人啊，请尽管吩咐！
如果一定要流血，我们宁愿宰上一百头牲畜。'
'并非如此！你们应该遵从上帝的旨意，
弃恶从善，多修功德！'

"特罗非说完，跪下祈祷：

'主啊，我知道，您不喜欢宰杀牲畜的血腥之气，
也不喜欢祭祀的香火和富丽堂皇的寺庙。
您看重的，是穷人有面包果腹，
甜美的少女如五月的花儿绽放，
在上帝面前亭亭玉立，洁身自好。'

"那布道者的嘴唇如同涂了神圣的油膏，
传递起上帝的福音滔滔不绝，
各地的偶像都战战兢兢，
从高高的庙宇上滚落。
不管是穷乏之人，还是富贵之人，
都拉着这圣徒的衣袍。

"为了把阿尔人导向真正的光明，
那天生瞎眼的西多浑斯也出来做证。
马克西曼也为基督证言，
勉励他们弃恶从善。
在那短短的一天里，
整个阿尔接受了道义的洗礼。

"主的灵魂如同风助火势，

推动着我们匆匆向前。
我们正要和阿尔人告别，
一位报信人伏在我们的脚下，
哭诉着：‘哦，上帝派来的好人！
我们快没命了，请救救我们吧！

　　“‘我们都是要死的人了，
但我要替我们生于兹长于兹的城市申诉，
请神亦好好听听它的不幸遭遇。
一头怪兽闯入了我们的地盘，
它像上帝那把嗜血的长鞭一样，
霸占了我们的森林和溪流。

　　“‘请可怜可怜我们吧！
那怪兽长着龙的尾巴，
背上插着尖尖的甲片，
它长着六只脚，走起路来像飞一样，
红彤彤的眼睛像朱砂一样，
一张血盆大口，像狮子一样。

　　“‘它的巢穴在巨石下的岩洞里，

它日夜据守在罗讷河上，

无数渔民命丧它口。’”

真是听者落泪闻者伤心，

送信人的话音刚落，

这些素不相识的塔拉松人竟忍不住哭起来。

“少女玛莎平静有力的声音打破了哭声，

她说：‘一味地哭解决不了问题，我已经打定主意，

马塞勒斯，我们应该赶走那怪兽！’

我们最后与众人拥抱了一番，

怀揣着各自的理想上了路，

我们相约在甜美之地再聚首。

“马夏尔去了利摩日①，

萨特涅斯去了图卢兹②，

欧特罗皮乌斯去了橘城③，

他是在那里播下善种的第一人。

可爱的少女，

---

①利摩日，法国南部的一座城市。

②图卢兹，法国西南部的著名城市。

③橘城，也叫奥朗日，位于法国东南部。

你真的要去险象环生之地？

"玛莎郑重地把十字架挂在胸前，端起圣水，
眉头都不曾皱一皱，迈着坚定有力的步伐，
向着那怪兽盘踞的城市进发。
野蛮的人们爬上松树，
亲眼看到了那少女打败了怪兽。
那是一场恶战。

"怪兽从黑暗的洞穴中惊醒，
甩着粗大的尾巴上蹿下跳。
玛莎以柔克刚，对着它施洒圣水，
它便成了手下败将。
玛莎用灯芯草绳牵着它，
它像马儿一样喷着响鼻，徒劳咆哮着。

"老百姓们把玛莎团团围住，伏在她脚下问：
'姑娘，你是猎人狄安娜①，
还是聪明贞洁的密涅瓦②？'

————————————

① 狄安娜，即古希腊神话中的月神，传说擅长打猎。
② 密涅瓦，也叫雅典娜，是古希腊神话中的智慧女神，经常被描述为提着长矛手拿盾牌的武装少女形象。

'啊，不！我只是上帝的使女。'玛莎说完，
吩咐众人起身，教他们向上帝行礼。
她渺小的身躯里蕴含着青春的力量，

"那力量足以捶破阿维尼翁的磐石。
强大的自信像甘泉一样从她身上流出，
它们装满神圣的杯盏，
滋养着后世的克莱门特和格里高利①们。
古罗马长达七十年的荣耀在她面前灰飞烟灭，
普罗旺斯焕然一新，

"唱起了颂扬上帝的诗篇。
你可曾留意，下雨的时候，
地上的草木是多么欣喜，
它们高兴得花枝乱颤？
就像灼热的灵魂被清凉的河水冲刷。
漂亮的马赛，你的眼睛看向大海的时候，

"看上去傲慢又无光泽，
还带着一丝不屑，

_____
①克莱门特和格里高利，是后来天主教宗所沿袭的名字。

狂风卷着愤怒而来，你的眼里却只有金银，
直到被拉撒路斥责，
你才闭上眼睛，看清自己内心的黑暗。
抹大拉的眼泪，汇成了沃纳①的河水，

"那神圣的河水足以荡涤你身上的罪恶。
然而，你现在又变得和从前一样自大，
等待着下一场风暴的惩罚。
长点儿心吧，即使在欢乐的宴会上，
也别忘了是谁的眼泪把你挽救！
啊，桑布科②郁郁苍苍的香柏木，

"艾克斯的岩石，埃斯特雷尔③左右高大的松树，
还有你，特瓦索④的杜松，
当教宗马克西曼出现在你们眼前的时候，
当他背着十字架走过你们身边的时候，
你们的山谷有没有激动过？

---

①沃纳，一条小河，发源于圣波美山，在马赛入海。
②桑布科，一座高山，位于艾克斯东面。
③埃斯特雷尔，位于瓦尔省的一座山林。
④特瓦索，托勒若与迪朗斯之间的一条山脉。

你看见没有，石窟中有个少女在祈祷?

"她留着一头飘逸的长发，身上穿着颜色明亮的衣袍，
手臂在胸前交叉着。
可怜的受难者! 她的膝盖已经磨破，
尖利的燧石像锥子一样扎在她的膝盖上。
这绝世独立的修女，这悲伤的修女，
苍白的月光深情地把她照耀。

"森林默默地低下头来，
天使也将他们的心跳抛开，
从一道狭窄的缝隙中，
看到那双眼睛里流下滚滚泪珠，
便将这些珍贵的宝石，
收入永恒的金盏里。

"哦，停下吧，抹大拉快快停下!
林中的风儿捎来那人的话，
已经过去三十年，他已经饶恕了你的罪过!
你的眼泪连顽石见了，都会流下感动的泪水。
你的眼泪就像洁白的雪花一样在空中飘舞，
它足以洗掉任何一位女子的爱情。

"但是，没人能安抚这位忏悔者的悲伤，

那小鸟也不能抚慰她的心灵，

任它们将她环绕，

在圣皮隆筑起许多好看的巢。

有福的天使们合力将她托起，

像哄小婴儿一样，每天在山谷上把她摇晃七次，

"然而这样也不能让她喜笑颜开。

哦，主啊，荣耀属于你！

愿我们在你的荣光中，与你同在！

我们这些被遗弃的妇人，

得到了你的怜悯与厚爱。

你从天上为我们带来的爱情，

"它永恒的光芒投射在我们身上。

阿尔卑斯的诸峰和波城的群山，

你们要妥善保存我们留在悬崖峭壁上的箴言①，

---

①和以上圣徒的故事有关。据说，有人见过他们停在卡玛格尽头抛锚的小船。这些高卢传道者的先驱，沿着罗讷河到达阿尔，然后分散到法国南部，甚至有人相信亚利马太的约瑟曾抵达英格兰。在普罗旺斯本土关于这些圣女的史诗里，人们相信他们曾在波城东部的山中出没，将自己的教诲和形象雕刻在一块孤石上，矗立在悬崖边。

不到万不得已的时候不要显明！
直到死神从孤独的盐沼中，
从一片汪洋的卡玛格深处，

"找到我们，把我们从终日的劳苦中解救出来。
直到地上的一切化为腐朽，
把我们的坟墓带走。
直到普罗旺斯唱着她的歌，在时光的长河里徜徉，
迪朗斯在罗讷河中流淌。
欢快的普罗旺斯王国就此终结，

"在法兰西的胸怀中安歇。
这片土地上的最后一位国王，临终前曾吩咐：
'法兰西啊，请收下我的忠告！
为了国家万古长青，你要和你的妹子挽手前行！
你越是强壮，她就越是漂亮。
你们百年好合，方能彻底终结黑夜的纷争。'

"留下这些话的国王叫雷纳，
我们曾在一个昏睡的羽榻上找到他，
向他指明我们的埋骨之地。

他带着十二位主教和一大队有礼之士来到海滨，
在长满盐角草的荒野中，
找到我们的墓穴。

"再见吧，亲爱的米赫尔！
光阴一去不复返，生命之光在你身上奄奄一息，
你就像蜡烛一般油尽灯枯。
但是，趁着你的灵魂还未离开，
——快快去吧，姐妹们！
我们要爬上天国的高峰，做她前行的向导。

"我们还要为她准备血红的玫瑰和雪白的衣袍！
这美妙的姑娘将要在今天为爱情殉道！
啊，天国的小路，
请你们为她开满甜美的花儿！
啊，圣洁的光芒啊，快来夹道欢迎！
荣耀属于圣父、圣子和圣灵！"

第十二章　死亡

这一天分外明媚，仿佛上帝降临橘城一般。
傍晚，少女们离开郁郁葱葱的果树，
帮她们的少年把筐子背上肩膀或后背。
在海上漂了一天的渔船正在靠岸，
那金色的云朵，
在夕阳中一点点消失。

这是一天中的黄昏，一切都将归于平静，
安详的景象流淌在阿尔让河上，
奔跑在平原和山岗之间。
远方传来的悠扬的曲子，
牧童的笛声，少男少女对唱的情歌，
还有那羊群咩咩的叫声，

所有喧闹的声音都在慢慢消散，

浓得化不开的黑夜降落在苍翠的群山中。

那三位圣母已经杳然离去，重回天堂。

她们轻飘飘地离开，

就像一支颂歌的最后一个轻柔的音符，

就像古老的教堂上面，被风儿吹去远方的琴钟声。

圣母已经远去，米赫尔还在跪拜着，仿佛睡着了。

眼前的景象多么美妙，

一抹阳光照在她的眉梢，

仿佛给她戴了一顶金冠。

那双年迈的父母从荒野赶来，

终于寻到自己的女儿。

他们老态龙钟，踉踉跄跄地迈入教堂的大门，

看见米赫尔的第一眼，又惊又喜。

他们蘸了圣水，在头顶画了一个十字，

嘴里念着米赫尔的名字，希望把她唤醒。

米赫尔像一只撞见了猎人的绿鹃①，

吃惊地尖叫道："哦，上帝！父亲母亲，

---

①绿鹃，一种鸟，是西半球最原始的禽鸟。

"你们怎么来了？你们要去哪儿？"
说完，又昏了过去，不省人事。
母亲见女儿这副样子，难过得直掉眼泪。
她把米赫尔抱入怀中，说道：
"我的小心肝儿，你怎么了？
你的额头像着了火般滚烫！

"我这是在做梦吗？我终于找到了我的孩子，
此刻她就躺在我的怀里！"
拉蒙夫人悲喜交加，百感交集。
就算是块石头，也要被这母女情深融化了。
拉蒙老爹跪倒在老婆孩子身边，说道：
"我可爱的小乖乖，我是你的父亲。

"别怕，我会紧紧握着你的手！"
他伸手捉住眼前那双冰凉的小手，
用肥厚的手掌反复摩挲着，想让它们暖和起来。
这位老父亲再也无法控制自己，
豆大的泪珠落在她的手背上。
风儿将米赫尔的消息传了出去，

里桑托的信徒们匆匆赶来。

两位老人像看到了救星一般，说：

"这孩子发着高烧！快帮帮我们，

把她抬到教堂的高处去。

把那圣骨匣打开，

让她摸一摸圣母们的遗骸，

"用将死的嘴唇吻一吻它们！"

于是，大家七手八脚地把米赫尔抬了起来。

这座美丽的教堂里面，

有三座高大的宝塔和祭坛。

最下面的那座，属于使女圣萨拉，

她是流浪者的守护神。

其他是属于上帝的。

最高的那座就是玛利亚们的礼拜堂，

它被柱子支撑着，

顶端像锥子一般，直冲云霄。

自从圣宠降临，

那无价之宝——施福的圣骨，就保存在这里。

香柏木做的圣骨匣，

一共有四把神圣的钥匙。

每隔一百年，它们就要把圣骨匣打开一次，

为虔诚的信徒带来福气！

它们为驾船航海的人，

带去晴朗的天气和明亮的星辰；

它们为在田间耕作的人，

带去丰盛的果实；

它们为前来跪拜的人，

带来永生的祝福！

一道精致的橡木大门锁住了这圣域，

小心地保护着波城人敬畏的礼物。

然而，守护这一切的，

并非这精雕细琢的大门，

也不是坚固的围墙，

而是那上帝降下的恩典，

它来自蓝天之巅、白云深处。

他们抬起奄奄一息的少女，

进入礼拜堂，沿着盘旋的楼梯走上去，

一位穿着白衣的神父打开了大门。

他们像风中倒伏的麦穗儿一样，

伏在尘封的石板上，

一起跪在地上祷告：

"哦，美丽的圣母，慈爱的圣母！上帝的圣徒！

"请救救这位可怜的姑娘吧！"

拉蒙夫人抽泣着，哀求道："请可怜可怜我的女儿！

只要能让她好起来，我会好好报答您的！

我会用雕花的十字架和金环把您祭拜，

还要把您的功德好好传播！"

拉蒙老爹跪在暗处，苍老的头颅一上一下颤抖着，

他呻吟着："圣母，开开恩吧！

您看看这孩子！她是我的宝贝，我的鸽鸟！

她那么美，那么善良，正值青春花季！

如果今天必须有一个人死去，

我情愿那个人是我！

请将我这把老骨头拿去！"

午后，阳光渐渐倾斜，
一直到傍晚热气散去，风吹柽柳，
米赫尔仍然昏迷着。
人们把她抬到塔顶的高台上，
让她面朝大海。
这里像礼拜堂的眼睛，

那通往塔顶的门洞，
可以望见极远的远方，
可以望见盐田的尽头，
可以望见高高的苍穹和无尽的海洋。
海与天一会儿融合在一起，一会儿又割裂开来，
不知疲倦的浪花起起伏伏。

它们麻木不仁，惴惴不安，却又如此倔强，
伴着阴沉的怒吼，一个接一个地涌来，
在沙滩方才安静下来。
另一面是无边无际的荒原，
遥不可测的苍天与未知的土地，
它们自然地融合在一起，没有一丝界限。

在这昏热的空气中，
一棵棵柽柳却在轻轻颤抖。
一道道的盐角草丛中，
偶尔能看到天鹅出没。
成群的公牛在水边悠闲地凫水，
从瓦喀里斯的这头游到那头。

突然，米赫尔有了一丝微弱的气息，
嘴里说着含糊的句子。她说：
"我觉得，有两股气息分别从不同方向朝我脸上吹来，
一股来自海面，清新凉爽，犹如春风拂面；
一股来自大地，灼热滚烫，烧得我全身像着火一样。"
不管怎么说，米赫尔终于从昏迷中醒了过来。

她只说了短短几句话，里桑托的信徒们听得一头雾水。
他们茫然地望着远处的大海与荒野。
远远地有一个少年朝这里跑来，
他跑得飞快，脚下生起滚滚扬尘。
那些高大的柽柳仿佛田径赛中的失败者，
被他远远抛在身后。

那少年不是别人，正是米赫尔心心念念的文森。

这真是个不幸的少年！

当安老爹从朴树庄回来，无奈地说：

"孩子，那朴树的嫩枝太高了，你攀不起！"

他不甘心，像强盗一样从瓦拉布雷格逃窜，

只为见上米赫尔一面。

然而到了朴树庄，他却听到了米赫尔离家出走的消息，

人们告诉他："她也许在里桑托。"

罗讷河、盐沼和克劳都无法阻止他的脚步，

他不眠不休地一路狂奔，

直到看到被人们围得水泄不通的教堂。

他气喘吁吁地问："米赫尔在哪里？"

旁人惋惜地说："她在礼拜堂上，恐怕大限将至。"

文森绝望极了，他不相信这是真的，

匆匆跑到教堂的高台上。

自己的心上人果然奄奄一息，

他把双手举过头顶，

心痛地说："啊，上帝，我造了什么孽，

"让您降下如此灾祸？

我犯了弑父杀母的滔天大罪吗？并没有。

我偷偷用教堂的圣烛点过烟斗吗？并没有。

我更没干过犹太百姓那样忘恩负义的事，

拖着受难的耶稣在荆棘丛里前行。

我到底做了什么伤天害理的事？

"您竟给我下了这样恶毒的诅咒，

让我心爱的人因我而死。

您非但不成全我们的爱情，

还落井下石，派了死神折磨她！"

他说完，跪在地上，狂热地吻着米赫尔。

闻者无不伤心，听者无不掩面。

为这对不幸的恋人留下惋惜的泪水。

众人如同唱诗班一样，

唱起了一支甜美的感恩颂。

那声音就像众水之声①从山谷中流过，

---

① 众水之声，语出《启示录》第1章第15节，使徒约翰描绘耶稣复活的荣光时，记载了他的衣着和形象特征，称基督的声音"如同众水的声音"。后来"众水之声"常常被用来形容上主的威严。

把那高山上的牧人召唤。
整座教堂为之一颤。

"哦，上帝的使女，
为我们精挑细选盐沼，
为我们修建美丽的神庙，
塔顶如雪，围墙坚固。

"守护在浪尖上生存的渔人，
为他的船儿导航，
保他一帆风顺，
苦海无边，出入平安！

"那穷困潦倒的寡妇，双目失明，
她的心声说给谁听？
黑暗的世界里，了无欢乐，
与死亡相比，盲人更苦。

"旁人说起花花世界，尽是美妙，
她却一向无从明了，眼底尽是黑暗。
天堂的王后怜悯她，

治好了她的眼睛，让她重见光明。

"我等渔民，命如草芥，
海上航行，提心吊胆；
得主庇佑，鱼虾入网，
满载而归，汝等之恩。

"若有人心中苦楚，
来这里寻求宽恕，
请让他的灵魂归于安宁，
盐沼荣耀，三位圣母！"

一曲感恩颂歌唱罢，众人泪如雨下。
这次，圣宠降到米赫尔身上，
把起死回生之气吹入她的身躯。
她看到心爱的文森就在眼前，
苍白的目光瞬间明亮起来，
憔悴的脸颊又焕发出温柔、欢喜的光彩。

"文森，你怎么来了？
我们在农庄的格子墙下并肩徘徊时，

292

你说过一句话，你还记得吗？
你说：'要是你被什么东西伤到了，
一定要去那圣所寻求帮助，
向那救死扶伤的三位圣母祷告。'

"我亲爱的文森，我多么希望你能洞悉我的内心，
我的心扉如透明的玻璃，里面装满了安慰！
安慰与和平像清泉一样，
在我的心里流淌。
那样的恩典，无法言说！
文森，你听见没有：是不是上帝的天使们在歌唱？"

她说完，眼睛凝视着遥不可测的苍穹。
她究竟看见了什么，听见了什么，
凡夫俗子无从知晓。
过了一会儿，她又说起了胡话：
"啊，灵魂已经摆脱肉体的束缚，
朝天堂飞去。这是一件多么令人欣喜的事！

"亲爱的文森呀，
你看见那片片洒落的光华了吗？

她们对我说着贴心的话，
要是你能把这些话记录下来，
我想，那将是非常可爱的一本好书。"
文森强忍着眼中的泪水和内心的悲痛，

哽咽地说："啊，上帝！我真希望能看见她们！
我情愿像虱子一样附在她们的衣襟上，
那么我就可以向她们请求：
'哦，天堂的王后！我光脚不怕穿鞋的，
随便你们拿我怎么办！
我可以把我的双臂、双眼和牙齿都给你们，

"'只求你们能让我美丽的小仙女，
健健康康地活在世上！'"
米赫尔打断他的话，说：
"文森，她们来了。
她们穿着美丽的麻衣，来接我了！"
说完，她挣脱母亲的怀抱，

举起手臂，面向大海挥舞着。
众人顺着她的目光望去，

手搭凉棚，极目远眺，
然而，只看见茫茫的盐田，
高远的天空和无尽的海洋，
它们在海天相接的地方分分合合。

除此之外，他们眼中再无他物。
人们摇摇头，说："什么都没有啊。"
米赫尔争辩道："不对，有！快看，是一艘小船。
船上没有帆，风儿在推着它前进，
她们就在船上！
肆虐的海浪走到船前突然退缩了，

"小船正轻轻滑行！
天空和海面像镜子一样明亮，
海鸟簇拥着它，争先问候！"
人们议论着："可怜的孩子！她肯定是在说胡话，
海上明明只有通红的落日！"
米赫尔急切地说："啊，那就是她们！

"放心，我的眼睛不会骗人，
那船儿越来越近了，随着海水起起伏伏。

啊，感谢上帝，它终于来了！"
红晕在她脸上慢慢褪去，她的脸又蒙上了苍白，
像一朵雏菊在白花花的日光里半开半合。
文森蜷缩在爱人身边，惶恐不已，

向着教堂和天上的所有圣徒祷告，
急急地向圣母祈求，
不要将米赫尔带走。
教堂里的圣烛点起来了，
身穿紫袍的神父为了让米赫尔的灵魂停住，
将一块守护面包放在她干涸的嘴唇上，

接着进入涂油程序。
按照神圣的要求，
神父在她身上涂下七处圣油。
这一刻，安静得让人窒息。
四下静悄悄的，只有神父祷告的声音。
最后一道霞光打到墙上，

光明正一点点逝去，天空开始变得灰茫茫。
绵长的海浪慢慢涌上沙滩，

又低语着散开，直到消失。
米赫尔的父母和爱人都在她身边跪着，
不时发出沙哑的呜咽。
米赫尔的嘴唇再次动了，

说道："眼下，分别的时刻到了！
亲爱的文森，请你牵起我的手，再好好握一下。
看哪，光环笼罩着每一位玛利亚！
红鹤们成群结队地从罗讷河上飞来，
柽柳花在枝头开得正旺。
亲爱的圣母们，正在将我呼唤，

"她们说不要害怕：
她们认得天上的每一个星座，
那小船载着我们，将很快进入天国。"
"我的小宝贝，"拉蒙老爹伤心欲绝，
"你别走，我们的家不能没有你！
当初我为何砍树伐木？

"我的一切热情都源于你。
我顶着火辣辣的太阳在田间劳作的时候，

一想到你，就不再觉得炎热与干渴。"

"亲爱的父亲，以后要是有飞蛾在你灯前徘徊，

那就是我来看你了。

但是看哪，三位圣母正在船头等我！

"我马上要走了！

好心的圣母们，请不要催促，我这就来。"

"够了！"拉蒙太太号啕大哭，

"留下来！我不让你死！

米赫尔，等你身体好起来，

我们还要挑个日子，去探望奥拉诺姨妈。

"我们带上一篮石榴做礼物，怎么样？

米赫尔，你听到了吗？迈亚诺①离我们家不远，

一去一回，一天就够了。"

"是的，一点儿也不远，我知道。

好妈妈，您还是一个人去吧！

好妈妈，请把白色的披肩帮我拿来。

"啊，玛利亚们的斗篷多么明亮耀眼！

_____

①迈亚诺，意大利乌迪内省的一个市镇。在此看来，米赫尔的母亲可谓用心良苦。

我敢说，你从来没见过这么漂亮的斗篷，
连山上的白雪都比不上它！"
"啊，你是我的希望，"小篾匠哭道，
"你是我的女王！我唯一的珍宝！
你向我敞开了爱情的殿堂，只允许我一个人进入！

"你的爱如花儿一般盛开。
你洗去了我生命中的污泥，让它变成闪亮的镜子，
你的光彩让我远离羞耻。
哦，普罗旺斯的珍珠！我幼年的太阳！
她的头上沁出了冷汗，
难道说，她真的大限将至？

"无所不能的圣母，
难道你们就眼睁睁看着她受苦，
用手指将你们的门槛死死抠住？"
米赫尔回答："哦，我可怜的朋友，
你为什么如此悲伤，如此难过？
我的爱人啊，听我说，死亡不过是错觉。

"看哪，它很快就要消散了，

就像早上的晨雾随着钟声退后，
夜晚的梦境随着天亮从窗边溜走。
我并不是死去！我只是坐船走了！
我们这就要离开！
再见吧，再见吧！我们要去那海上。

"浪花就环绕在我们身边，
那是通往天国的星光大道，
天空就在我们伸手即触的地方！
无数的星星在我们头顶闪耀，
它们将我们轻轻摇撼。
在那里，每一颗星星都能找到另一颗星星做伴侣。

"它们彼此相爱，无人打扰！
听啊，圣母们！那远远传来的，是不是风琴声？"
米赫尔叹了一口气，垂下头来，仿佛睡着了一般。
她的嘴角还保持着微笑，仿佛还有话没说完。
悲伤的信徒们围着她，
一个接一个传递着圣烛，

依次在她胸前画着十字。

米赫尔的老父母好像僵硬成石像，
木然地观望着。
他们觉得，那光亮仍然留在米赫尔身上，
虽然她在别人眼中，已经变得苍白冰冷。
米赫尔的离开给了他们重重一击，

让他们躲闪不及。
文森端详着米赫尔美丽的额头，
僵直的手臂，还有那紧闭的双眼，
高声喊道："她死了，你们看到没有？"
"她真的死了吗？"他不愿意接受这个事实。
他搓着双手，像是在搓着一根老柳条。

他伸出手臂，振臂高呼：
"我的爱人呀！他们不是在为你一人唱挽歌，
还有我，我的心也跟着你进了坟墓。
我刚刚说你'死了'？不，这不可能。
不，是魔鬼说的，一定是的！
告诉我，是谁说的？

"你们对上帝发誓，此前有没有见过什么女人，在跨过坟墓时，会笑得如此安心？
你们看到没有，她笑得那样欢喜？
他们为什么都看着我落泪？
我想，这意味着，一切都结束了。
虽然我还在爱着她，

"可是却再也听不到她对我讲话！"
所有人的心都在颤抖，眼泪流个不停。
哭声、哀叹声，飘袅着升到空中，
直到海浪从沙滩上传来回声。
在畜群中，要是有一头小母牛死了，
公牛们会在它倒下去的地方，

守上九天九夜，
以此表达它们无法言说的悲伤。
海洋、平原和风声，
连续九天九夜发出低沉的悲鸣。
文森说："安布罗伊，我可怜的父亲！
永别了，虽然我知道您会为我把泪水流干！

"信徒们，我最后还有个心愿，

请将我埋在这盐田，埋在我的爱人身边。
我知道，挖两个墓穴不是件轻松事，
所以请省省力气，让你们的眼泪止住。
那墓穴周围要筑起石墙，
防止海水倒灌把我们隔开！

"信徒们，你们一定要满足我的心愿！
就让他们念叨着她的名字，
在她从前的家里捶胸顿足。
我们要远离躁动不安的海面，
在安宁湛蓝的海底长眠。
啊，我要和我的爱人，永远脸贴着脸心连着心。

"这样，你就可以讲起你的玛利亚们，
直到贝壳把我们覆盖。"
那疯狂的小篾匠说完，
纵身一跃，消失在咆哮的大海中。
浪花很快吞噬了他的身体。
教堂再次响起了感恩的颂歌。

"若有人心中苦楚，

来这里寻求宽恕，
请让他的灵魂归于安宁，
盐沼荣耀，三位圣母！"

弗雷德里克·米斯特拉尔作品年表

1830 年　9 月 8 日，出生在法国南部小村庄马雅纳村。

1852 年　第一首长诗《普罗旺斯》问世。

1854 年　与鲁马尼耶、欧内巴尔等七位志同道合的朋友，组成
了普罗旺斯诗人协会。

1855 年　创办杂志《普罗旺斯年鉴》，并为之撰稿。

1859 年　在长诗《普罗旺斯》的基础上创作出长篇叙事史诗《米
赫尔》，在世界文坛上引起轰动。

1867 年　发表英雄史诗《卡朗达尔》，完成诗集《日历》。

1876 年　出版抒情诗集《黄金群岛》，汇集了他创作以来的所有
短诗，并与一个比他小 27 岁的女子结婚。

$\dfrac{1878}{1886}$ 年　编著完成《新普罗旺斯字典》两卷。

1884 年　完成历史叙事诗《奈尔特》。

1890 年　发表诗体悲剧《让娜王后》。

1897年　发表最后一部叙事长诗《罗讷河之歌》。

1904年　与西班牙剧作家埃切加赖（1832—1916）一起获得该
　　　　年度的诺贝尔文学奖。

1906年　出版回忆录《我的一生——回忆与故事》。

1912年　发表最后一部抒情诗集《油橄榄的收获》。

1914年　3月25日，因病长眠于其深爱的故乡，享年84岁。

1926年　后人整理出版米斯特拉尔文集《年鉴散文》。

1927年　后人整理出版米斯特拉尔文集《新年鉴散文》和《最
　　　　后的年鉴散文》。